돌아가는
지름길

돌아가는 지름길

조봉제 지음

우리의 준비는
결코 헛되지 않은 값진 것임을 …

좋은땅

들어가는 말

지금부터 30년 전쯤이라 생각된다. 하나님 은혜에 붙들려 목말라 하고 있을 때 동역자와 함께 작은 모임에 참석했다. 그 당시 우체국 지하실을 빌려 소모임을 하는 곳이었는데 그때 만났던 분이 윌리암 블랙 (William Black) 선교사이다.

평신도 시절에 교회 밖에서의 영적 나눔은 처음이었기에 신선한 충격으로 다가왔고 그때 받았던 "묵상훈련"은 지금까지도 계속 이어져 오고 있다.

그땐 단순한 마음으로 한 행동이 성경 66권을 권별로 나누어서 출퇴근 시간에 비좁은 만원 버스 안에서도 한 줄 한 줄 읽어 갈 때 주셨던 감동들은 지금도 잊을 수가 없다. 때론 남모르게 눈물을 훔치기도 했고 힘든 시기에는 약속의 말씀 붙들고 현실을 이겨 낼 수 있도록 그 말씀이 함께해 주셨던 것이다.

우리는 너무 바쁜 속도의 시대를 살아가고 있는 것은 분명하다. 바쁘게 정신없이 쫓겨 살다시피 하지만 그 바쁨에 비해 얻는 것은 초라하고 많은 것을 누리고 사는 것 같지만 실제로는 빈궁한 삶을 살아가고 있다.

신앙생활도 그렇다. 영적 생활을 위한 프로그램도 넘치고 모임도 많지만 돌아서면 느껴지는 허전함은 어쩔 수가 없다. 마치 분주함 속에 자신의 정체성을 잃어버리고 소외된 길잃은 영혼처럼 방황할 때도 있다.

이제는 외형적인 것보다 내면을 돌아보아야 할 때이다. 그래야만 실족지 않게 된다.

지금 우리가 사는 세상도 많은 위기에 직면해 있다. 세상과 환경이 요동치는 위기가 아니라 내 영혼이 위기에 요동치고 흔들리는 것이 문제이다.

묵상은 이 혼란의 시대에 무엇을 붙들고 살아야 하는지, 어떤 선택을 하고 살아야 되는지 인도해 주시는 나침반이 된다. 그렇지 않으면 사람은 본성과 환경을 좇아 살아갈 수밖에 없다.

깊은 묵상은 머리의 지식을 마음으로 흘러보내는 깔때기와 같으며 소가 여물을 먹고 되새김질하며 영양분을 섭취하는 것과 같다.

이 책의 내용들은 위기의 때를 맞이하며 사역하고 있을 때 아침마다 묵상한 글들을 기록했던 내용들이다. 돌아보면 어느 때이든지 묵상의 말씀이 있었기에 개인의 신앙과 사역도 말씀에 붙들려 오게 하셨고 묵상을 통해 만나 주시고 위로해 주셨고 붙들어 주신 하나님 은혜였다고 말할 수밖에 없다.

"주의 증거로 내가 영원히 기업을 삼았사오니 이는 내 마음의 즐거움이 됨이니이다" (시편 119편 111절)

2024년 5월 30일
청계리 동산에서 조봉제 목사

목차

1부

관계의
풍성함을
누려라

자신에게 정직함이 축복이다 (시편 62:1-12)

사람의 구원은 사람의 지혜에 있는 것이 아니고 하나님께 있다.

하나님의 사람은 하나님의 구원을 바라며 사는 삶이다.

자신의 주어진 삶에는 하나님 앞에 충실하고 사람에게 대하여 정직하게 대하는 것이다. 하나님께서 가장 싫어하시는 것이 있다면 사람을 무시하고 이용하고 괴롭히는 것이다. 하나님께서 얼마나 싫어하는가를 바르게 안다면 이런 일은 우리가 하려고 해도 쉽게 할 수 없는 일들이다.

문제는 해서는 안 되는 줄 알면서 하는 것은 영적 감각이 둔해져 있기 때문이다

또한 이러한 면에 있어서 하나님을 외면하고 본성이나 자기중심으로 가기 때문이다. 그리스도인의 생활은 그들의 마음중심과 삶을 통하여 하나님 자녀 됨의 모습이 나타나는 것이다. 단순한 종교적 생활만이 아님을 분명히 인식하고 오늘 하루의 삶에서도 그런 사고의 믿음으로 살아야 자신의 삶이 축복이 될 것이다.

지금 우리 주변을 잠시 살펴보자. 속이는 것, 이용하는 것, 무시하는 것, 괴롭히는 것이 다반사이다. 세상은 마치 이러한 삶을 향해 질주하는 것 같다. 그러나 우리가 인식해야 될 것은 그러한 삶의 결과와 고통은 고스란히 자신이 겪어야 할 아픔이고 불행으로 다가온다는 사실을 인식하고 살아야 할 것이다.

시편의 기자는 이런 우리의 현실에 대하여 어떤 한 삶의 자세가 중요한 가를 교훈하고 있다. 함께 성령의 음성에 귀를 기울이면서 자신의 내면을 정화할 수 있기를 기대한다. 사람이 내게 어떻게 할지라도 요동치 말고 하나님 뜻을 좇는 삶이 중요한 것이다. 사람은 서로가 마음을 나누고 서로를 신뢰하는 관계를 만들어 가는 것만큼 행복은 없다. 세상에 믿을 사람이 없다는 말은 그만큼 사람의 부패성을 말하고 있다. 이것은 누구에게 할 말이 아니라 나 자신에게 해야 될 말이다.

정말 자신에 대해여 이 말을 할 수 있는 사람이라면 자신을 돌아보며 정화시켜야 할 필요성을 인식하고 자신을 변화시켜 가는 삶일 것이다.

자신의 부패와 타락과 거짓으로 인하여 사람과의 불편함을 만들지 않도록 자신을 변화시켜 가야 한다는 것이다. 이것이 각자의 역할이고 상대를 향한 사랑의 시작이다. 이것은 또한 하나님을 인식하는 자의 삶일 것이다.

종교적 생활은 광신적으로 하면서 이러한 자신을 모르고 산다면 이것은 어리석은 불행의 연속이고 자신 스스로를 괴롭히는 가장 비참한 삶이다.

그런데도 이런 삶이 되풀이되고 있는 것은 자신을 모르고 살기 때문이다.

하나님을 인식하는 자의 삶은 이러한 부패의 아픔을 안고 있는 사람들의 모습 속에서 하나님의 긍휼하심으로 영혼을 대하는 성숙함을 가져야 한다. 그래야만 자신도 그 관계 속에서 상처를 받지 않을 뿐만 아니라 영혼을 긍휼히 여기는 마음으로 미워하거나 원망하는 죄를 범하지 않기 때문이다. 안타까운 것은 우리 주변은 저마다의 아픔과 현실과 내면의 욕구불만으로 가득 차 있어 편리함을 주는 생활문화 속에 뒤지지 않으려는 경쟁의식과 비교의식 사고로 인해 서로를 불편한 관계로 만들어 가고 있는 것이 우리의 아픔이다.

그런 탓인지 남에 대하여 그렇게 좋은 감정을 가지지 못하고 있는 것이 타락된 본성의 바탕이다. 본문에서 말씀하시는 것처럼(3-4) 입으로는 축복을 말하지만 속으로는 저주를 담고 있다. 이런 가면을 쓰고 우리는 서로를 대하고 산다면 이런 서글픔이 어디 있겠는가?

교회생활, 신앙생활도 중요하지만 이런 우리 자신을 발견하는 것이 오랜 신앙의 굴레에 탈을 쓰는 것보다 훨씬 나을 것이다. 종교의 탈, 신앙의 가면을 벗고 나 자신의 있는 모습 그대로의 내면을 제대로 봐야 자신 스스로에게 충격을 느낄 것인데 볼 수 없는 것과 가면을 벗지 못함이 문제인 것 같다.

사람들은 누구나 욕구불만과 타락의 본성을 가지고 살아가고 있다

그 속에서 영향을 주고받고 사는 것이 인간의 삶이다. 여기에 하나님의 질서가 필요하고 하나님의 마음이 필요한 것이다. 그래서 우리는 서로에게 아픔을 주고 고통을 주는 자들이 아니라 서로가 싸매어 주고 품어 주고 이해해 주는 삶을 통해 하나님의 뜻을 이루어 가는 성숙함이 나타나야 한다.

하나님은 이런 자들의 삶에 보호하심과, 인도하심과 함께하심이 있을 것이다.

하나님을 믿는 살이 이런 것이다. 하나님의 구원을 바라고 묵묵히 하나님의 뜻을 좇는 것이다. 이런 불합리한 환경 속에서 우리의 사명과 목적은 하나님의 뜻을 좇는 것이 축복이라는 것이다. 함께 자멸의 길로 빠져들지 말고 자신의 위치를 상실하지 말고 오히려 이런 환경 속에서 자신의 사명과 역할을 감당하는 축복을 찾아야 한다.

자신 스스로가 자신에게 말할 수 있는 내면을 볼 수 있는 시간을 가지는 삶이 중요하다.

신앙을 떠나 양심적으로 생각해 봐도 자신의 삶이 어떠한 모습으로 나타나는지 본인은 스스로의 본성은 알 것이다. 사람과의 관계에서 가장 불행은 속임, 즉 거짓이다. 그것은 자기 자신을 가장 증오하는 삶이다. 우리가 자신을 정말 소중한 삶으로 여긴다면 상대에 대하여 이런 마음의 태도를 회복해야 할 것이다.

성경에서 말하는 부분은 대부분 사람을 거짓되게 대하고 속이는 이유는 인간의 본성 깊이 뿌리 박혀 있는 욕심, 즉 탐심에서 나온다는 것이다. 그 탐심의 목적을 이루기 위해 상대를 속이고 거짓 되이 대하는 행동은 아첨의 말로서 나타난다. 쉽게 말해 달콤한 말로써 상대를 속이며 자신의 탐심을 이룬다는 것이다. 이것은 자신의 본성이 알 것이다.

사도 바울은 이런 자신의 삶을 돌아보면서(살전 2:5) 아첨이나 탐심에 대하여 "탈"(가면)이라고 표현했다. 우리는 가면을 쓰고 사람을 대해서는 안 된다는 것이다. 어리석은 행위요 자신을 불행하게 하는 행위이다. 그 가면을 쓰는 이유, 탈을 쓰는 이유는 자신의 내면에 있는 탐심을 이루기 위함인 것이다.

우리 주위를 돌아보면 자신이 하고 싶을 때는 무엇이든지 하는데 상대가 요구할 때는 응하지 않는 사람도 있다. 탐심은 신앙의 행위에서도 나타난다. 선한 하나님의 뜻을 좇기 위한 영적 생활이 아니라 자신의 탐심을 이루기 위한 신앙생활을 한다면 그것은 하나님에 대한 행위가 아니고 우상을 위한 행위가 되고 말 것이다.

욥기에서 나오는 내용을 인용해 보겠다. (욥 32:21-22)

욥은 하나님께 버림을 당할까 봐 사람에 대한 아첨에 대하여 철저히 경계하고 있는 모습을 보여 주고 있다. 하나님의 이름으로 모인 자리에 함께 앉아 있으면서도 우리는 이런 자신의 내면에 대하여 조명을 해 보지 않고 자신은 합리화하면서 살아가고 있다면 이러한 삶 자체가 자신을 자신 스스로가 최고의 불행한 자로 자신이 만들고 있다는 깊은 인식을 가져야 한다.

그러기에 우리는 자신 내면에 대하여 스스로에게 말할 수 있는 시간을 가져야 한다. 가지지 않는 것 자체가 어쩌면 지금 그런 상태에 있다고 봐야 할 것이다.

하나님은 누구보다도 우리를 사랑하신다. 그리고 우리를 빛나게 하길 원하신다.

그래서 우리에게 말씀하신다. 우리 자신을 보라고 그리고 방향을 제시해 주신다.

이것이 하나님의 사랑이다.

다시 말해 하나님의 사랑은 다른 것이 아니다. 구원의 은총과 사랑은 이루 말할 수 없지만 이젠 그 모습을 이루어 가는 삶으로 말씀하신다는 것이다.

첫째는 자신을 보는 것이다. (돌이킴)
둘째는 방향을 제시해 주는 것이다. (믿음, 새 힘)

지난번 선교협력 사역을 감당할 때 있었던 일이다.

정말 무더운 날씨에 체온은 올라가고 온몸은 땀으로 가득하며 온종일 차타고 걷는 시간들이 있을 때였다. 저녁에 숙소로 돌아오면 그야말로 지치는 상태였다.

그럴 때 가장 새 힘이 생기고 상쾌했던 것은 샤워하는 시간이었다.

그렇게 상쾌할 수가 없었다. 그야말로 피로와 땀을 씻고 마지막 냉수 샤워 한번 하고 나면 정신이 바짝 들고 새로운 힘이 생기고 기분이 날아갈 것 같았다.

뿐만 아니라 그다음 아침에 아주 상쾌한 기분으로 새로운 일정을 시작할 수 있었다. 그런데 씻지 않고 그대로 녹다운 된 상태로 다음 날을 맞이한다면 피로도 풀리지 않고 기분도 몸 상태도 힘들었을 것이고 다음 일정에 좋은 영향을 줄 수 없었을 것이다.

자신 스스로의 삶을 방치시켜서는 안 된다

우리가 해야 될 책임은 우리의 몫이다.

자신을 가장 행복하게 하는 삶은 책임의 몫을 감당하는 것이다.

그곳에서 행복은 흘러나오게 된다. 그 방향성을 주님은 오늘도 우리에게 말씀하신다. 그리고 우리에게 하나님은 기쁨을 안고 달려가게 하신다.

축복과 행복의 향기를 날리며 달려가게 하시는 것이다.

두 가지 일을 지속적으로 하는 삶의 행복을 누리고 살아야 한다.

마음의 불편함을 씻는 일이다

환경, 사람과의 관계에서 앞서 말한 것처럼 영향도 받고 산다. 이 모든 것은 사람 속에 있는 죄성 때문일 것이다. 죄성은 자신도 괴롭히지만 다른 사람에게도 나쁜 영향을 그대로 준다. 마치 컴퓨터의 바이러스와 같다.

죄성은 퍼뜨려지게 되어 있다. 이 사람이 저 사람에게 그래서 각자의 마음속에 이 불쾌한 마음들이 들어 앉아 있어 때가 되고 환경만 되면 또 다른 사람에게 퍼뜨려지게 된다.

마음속에 있는 바이러스를 처리하는 능력

시편 기자는 이런 모습에 대하여(62:7-8) 말씀하고 있다. 하나님께 속상한 마음, 고통스러운 마음, 상처받은 마음, 답답한 마음, 쏟아 놓으라는 것이다. 쉽게 말해 마음을 씻는 것이다. 마음을 씻는 것처럼 축복이 없다. 이런 경험이 중요하다.

씻어야만 영혼이 맑아지고, 새 힘도 생긴다. 삶의 의욕도 생기고 자유롭다.

이것이 신앙생활이다. 소홀히 여겨서는 안 될 부분이며 지속적으로 해야 될 영역이다. 또 하나는 모든 것은 하나님께서 갚으시는 은혜를 알고 주의 뜻을 좇는 기쁨을 안고 달려가야 한다.

이 길에는 쉽지 않음도 있을 수도 있다. 사람에게 인정받지 못할 수도 있다. 본인이 원하는 대로 본성적이 욕구도 채워지지 않을 수도 있다. 그러나 약속의 하나님을 신뢰하면 된다. 그분은 아시고 이루시고 분명히 그렇게 하시는 분이다.

그러기에 주위를 둘러보면 내 삶이 중요하게 보이기 시작한다.
사람들이 모르고 살기에 본성을 좇고, 탐심을 좇고, 아첨의 말을 하고 살아가고 있다. 우리의 삶은 진리의 방향을 좇아 삶의 방향성이 분명히 정해져야 한다.
기회가 오면, 때가 되면, 사람을 만나면.

"본성의 욕구를 채우는 기회"가 아니라
"하나님의 뜻을 행할 수 있는 축복의 기회"로 맞이해야 한다.

본성의 욕구를 이룰 수 있는 기회인데도 "하나님의 뜻을 행할 수 있는 기회"로 맞이한다면 이처럼 값진 능력이 어디 있겠는가?
본성의 욕구를 이루기 위해 탐심의 탈을 쓰고 아첨을 말을 하던 삶을 청산해야 한다. 자신에게 불행한 일을 계속한다면….

내 인생은 하나님의 뜻을 행할 수 있는 기회로 맞이하며 살아야 한다. 이것이 진정한 그리스도인의 축복이 아닐까?
묵묵히 하나님의 사람으로서 걸어가는 다윗의 인생의 모습 속에서 오늘 이 아침에도 다시 한번 이 글을 쓰면서 고백하고 싶은 말이 있다.

내 속에 혹이라도 아첨과 탐심으로 인해 탈을 벗어야 할 것이 무엇인지 깨닫고 고백하게 할 수 있는 시간을 갖기를 원하며.

또 하나는 사역을 하면서, 속이는 사람도 있었고, 아첨하는 사람도 있는 것도 알지만 그 모든 처리는 하나님께 내어 맡기고 행한 대로 갚으시는 하나님을 인식하면서 오늘도 이곳에 보내 주시는 영혼들을 향해 사람의 뜻을 이루는 사역이 아니라 하나님의 뜻을 이루는 사역. 하나님의 뜻을 이루는 축복의 기회로 사용하고 있음을 감사하며 하나님의 심정으로 승리의 사역이 이루어질 수 있도록 상쾌하게 달려가길 원한다.

행위보다 진실과 정직으로 (시편 33:1-22)

　　믿음생활하면서 하나님의 사랑과 임재를 체험한 사람은 마땅히 하나님을 높이며 그 은혜를 감사하며 찬양할 수밖에 없다. 무엇보다 하나님은 변함이 없으시며 진실하시기 때문이다. 하나님의 약속을 따라 믿고 나아가는 자만이 하나님의 진실하심을 경험하게 된다.

　　하나님을 알아가면서 느끼게 되는 것은 사람은 누구나 예외 없이 자신의 생각보다 훨씬 더 거짓되다는 것이다. 말의 표현은 현실의 문제 때문에 어떻게 할지 모르겠지만, 그 마음의 깊음은 또 다르다는 것이다. 흔히 하는 말로 겉 다르고 속 다르다는 것이다.

　　이러한 문제들은 사람의 관계 속에 너무도 복잡하게 얽혀 있다는 것이다. 다른 말로 서로를 속이고 속고 사는 세상 속에 얽혀 있는 것이다. 거짓과 속임은 결국 불행과 파멸을 가져온다는 인식을 가져야 하는데 이러한 인식보다는 의식화되어 버린 생활로 일반화되어 가고 있는 것이 문제인데 하나님의 진리 안에 조명해 보지 않으면 습관화되다 못해 고착화되어 버린다는 것이다.

이러한 모습은 결국은 믿음을 가지고 사는 자의 삶에 흔히 하는 말로 "신앙 따로 생활 따로"식의 생활을 하게 된다는 것이다. 결국은 자신을 사랑하지 않는 행위일 뿐만 아니라 상대를 가장 악하게 대하는 죄된 행동일 것이다. 이런 일들은 믿는 자와 믿지 않는 자를 가릴 필요 없이 나타나고 있다.

오늘 시편 33편을 통해 하나님을 믿는 자의 삶에 고백되고 있는 모습을 보면서 우리 자신의 생활 상태를 돌아보고 하나님 앞에 기울어진 자신을 세우는 고백이 있어야 할 것이다. 거짓된 세상의 소용돌이 속에서 거짓에 휘말려 들지 말고 정직하고 진실한 하나님을 기대하는 마음으로 삶을 살아야 한다는 것이다.

이런 생각을 할 수 있을 것 같다.

참됨이 아닌 거짓의 홍수 속에 살아가고 있는 우리의 현실을 볼 수 있을 것 같고 불신의 혼란 속에 사는 우리의 삶이 어떻게 살아야 됨을 인식해야 한다는 것이다.

진실을 이루려는 삶이 사람이 아닌 하나님으로부터 공급됨을 알아야 한다는 것이다.

믿음의 사람은 하나님의 진실하심과 정직하심을 믿고 그 믿음에 합당한 자신의 삶이 진실과 정직으로 사는 것이 하나님을 믿는 자의 삶이라는 것이다. 하나님과의 관계가 올바르게 되어 있다면 진실과 정직함으로 삶을 사는 기쁨을 누려야 한다. 사람을 이런 마음으로 살아가게 하시는 이도 하나님이시다. 하나님께서 주시는 힘이 아니면 이런 진실과 정직도 쉽게 나오지 못할 것이다.

타인에게나 자신에게 어떻게 진실하게 정직하게 대하고 있는가?
또한 하나님 앞에서의 우리 모습은 어떠한가?
자신의 내면을 깊이 조명해 볼 필요가 있지 않을까?

순간의 욕심이나 사람의 끊임없는 본능 속에서 역사하고 있는 타락의 쓴 뿌리로 인해 거짓의 나락에 말려들지 말아야 할 것이다. 우리의 현실과 본능적인 속성들은 하나님의 기업을 제한시켜 버리든지 빼앗겨 버리는 삶으로 만들어서 고통의 아픔을 겪기도 한다. 그래서 우리의 삶을 하나님은 만드시고 회복시켜서 진정한 하나님과의 관계로 발전시키시기 위해서 지금도 끊임없이 우리를 향해 회복의 작업을 진행 중이시다.

우리는 환경과 현실을 말하지만 하나님은 정리되지 않은 우리의 마음을 말하고 있다. 환경과 현실은 언제든지 또 다른 형태로 탈바꿈할 수 있지만(때로는 자기 편리한 거짓으로 마음의 관계는 지속할 수 있다는 것이다) 하나님과의 마음이 지속할 수 있다는 것은 정직한 삶으로 나아왔을 때이다. 하나님은 이 관계를 확인하고 싶어 하신다.

18-19절에서 관계가 회복된 자의 삶에 역사하시는 하나님의 마음을 전하고 있다.

이런 분명한 관계가 된다면 무슨 일을 당하든지, 어떠한 환경에 있을지라도 하나님의 인도하심과 보호하심은 당연하다는 것이다. 다시 말해 이런 관계가 정직한 관계라는 것이다. 하나님께서도 정직한 관계가 아니고는 어떻게 할 수가 없다는 것이다. 기준 안에서 이루어 가시겠다는 약속을 이미 하신 분이시기에 그리고 약속은 분명이 이미 지켜오셨고 앞으로도 변함없이 지켜 가실 분이시기에 믿음의 전제 아래 관계를 이루어 가는 것이 필요한 것이고 더 나아가 하나님께서 우리를 보실 때에 이러한 자기 인식과 문제를 근원적으로 해결해야겠다는 발견을 하기를 원하시고 계신다는 것이다.

자기 자신의 발견을 통한 변화 없이는 하나님 보시기에도 우리에게 축복이 안 된다는 것이며 또한 자신뿐만 아니라 모두에게 불행이라는 것이다. 정직과 진실은 함께 구원의 역사를 이루어 가는 하나님의 사역에 최고의 능력이다. 하나님은 어떠한 일을 이루는 것보다 정직과 진실이 없이는 하나님의 그 원대한 사역에 마귀로 틈타지 않게 하기 위하여 관계를 요구하고 계신다.

교회건, 가정이건, 인간관계건, 정직하고 진실된 관계처럼 축복은 없는 것 같다.
누구보다도 나를 회복해야 할 부분이 무엇인지 깊은 묵상이 따라야 할 것 같다.

여호와를 구하라 (시편 13:1-6)

이 세상에서 하나님을 대신하여 우리 인간을 지배할 수 있는 3가지는 돈, 명예, 향락이다. 대부분의 사람들은 하루에도 이 생각에 사로잡혀서 살아가고 있다는 것이다. 특히 물질과 향락은 현대인에게 가장 큰 우상임에는 틀림없다.

예수님을 시험하는 마귀도 이것으로 시험을 했을 때 예수님은 말씀으로 물리쳤다.

마귀가 예수님을 유혹한 것을 혹 우리는 원하고 있지나 않는가? 진정 하나님의 자녀로서 나는 무엇을 구하기 위해, 얻기 위해 주님을 믿고 따르는가?

상대를 향한 고백은 그 사람의 심정이고 영적 상태이다. 본문에서 나타난 다윗이 하나님을 향한 고백은 이미 자신의 마음상태에서 나온 고백이다.

그러면 나는 과연 하나님을 향해 어떤 고백을 할 수 있는가?

여호와 하나님을 향한 공급의 필요성을 고백하고 있다(1-2)

하나님으로 오는 영적인 힘을 공급받지 않으면 사람은 곤고함과 본성으로 치우칠 수밖에 없다. 하나님과의 교통함을 통해서 공급받는 것이다. 공급이 차단되어서는 안 된다는 인식을 느끼는 것이 신앙생활이다.

한 가지 표현하고 싶은 것은 이론과 형식이 아니라 나의 내면에서 느낄 수 있는 하나님의 힘이 역사하고 있어야 한다. 이 힘으로 사는 것이 그리스도인이다. 그렇지 않으면 끊임없이 다가오는 세력들에 의해 우리는 영향을 받게 될 것이고 현실이라는 과제 앞에 갈등할 수밖에 없을 것이다. 그래서 다윗은 자신의 상태를 보면서 하나님을 구하고 있는 것이다. 다시 말해 자신의 영혼의 상태를 인식하는 사람이 하나님을 구하게 된다는 것이다.

하나님과의 관계를 구하고 이룰 때 사람은
첫째: 진정한 마음의 평안과 안정을 가지게 된다.
둘째: 올바른 삶을 살게 되는 것이다.

하나님 안에서 자신의 위치와 사명을 인식하는 분별력이다(3-4)

하나님과의 관계가 안 되는 것 자체에 대한 심적 부담을 느낄 줄 알아야 한다. 배고픈 사람이 배고픔을 느끼지 못하는 것은 병든 상태이다. 이처럼 하나님과의 관계가 올바르게 되지 않을 때 사람에게 많은 고통이 있다. 하나님은 우리에게 믿음을 갖게 하셔서 믿음의 눈을 열어 주신다.

무엇을 해야 되는지 믿음 안에서 보여야 한다. 이것이 그리스도인에게 주신 축복이다. 이것이 영적 분별력이다. 분별력이 생기면 보여서 하게 된다. 사람의 눈이 가려지면, 오는 축복도 스스로 거절하고 산다. 이것이 불행이다. 눈이 열리면 무엇이 축복으로 오는지 어떻게 해야 되는지 알게 된다.

하나님과의 관계가 되지 않으면 이것이 불행으로 나타난다.
자신 스스로가 자신을 불행하게 하는데도 모르고 산다.
눈이 열리면 그러지 않을 텐데…….
눈이 보배라는 말이 있지 않은가?
눈이 열려야 보배다. 신앙은 눈을 열어 가는 것이다.

눈이 가려지면 자신의 역할을 상실하고 위치도 상실하고 오히려 고통만 따른다. 눈이 열리면 자신에게 보배일 뿐만 아니라 그 기쁨을 함께 열어 간다.

하나님을 기대하는 자로 살자(5-6)

하나님처럼 사람을 존중히 여기는 분이 어디 있나. 사람은 사람을 그처럼 소중히 여기지 않는다. 세상을 보고 현실을 보면 안타까움이다. 신앙인은 하나님을 기대하는 자로 사는 자이다. 하나님의 은혜를 기대하고 사랑을 기대하고 진리를 기대하는 마음이 필요하다. 그리고 우리의 삶에 무엇보다도 하나님의 절대적인 구원이 필요하다는 인식과 고백이 필요하다. 그리고 그 구원을 기대하는 기쁨으로 사는 것이다.

하나님은 자신을 기대하는 자에게 구원의 기쁨을 허락하신다.
그리스도인은 욕심을 이루기 위해 사는 인생이 아니다.

사명을 이루기 위해 역할을 감당하기 위해 우리에게 선행되어야 할 것이 구원이다. 나 자신이 얼마나 구원이 필요한 자인가를 깨닫고 목말라 해야 한다.

그냥 한번 해 보자는 식이 아니다. 이것은 선택이 될 수 없는 절대적 필수다.
오늘 나에게 구원이 필요한 것이다.
하나님께서 가장 소중이 여기는 자가 누구일까?
하나님을 기대하는 자이다. 하나님을 구하는 자를 하나님은 가장 존귀하게 대해 주신다. 우리 안에서 하나님을 구하는 심정이 살아나야 한다.

오직 구원이 주께로부터 옴을 고백하는 마음…….

관계의 풍성함을 누리는 신앙 (시편 84:1-12)

　사람은 누구나 살아가면서 자신의 삶의 소중함과 다른 사람에 대한 관계에서도 서로 인정하며 존중하는 데서부터 행복한 관계는 시작된다. 내 기준의 생각보다 상대의 마음을 헤아리는 사고의 깊이 속에서 관계는 더 아름답고 소중한 관계로 회복될 뿐만 아니라 그 관계를 통하여 우리는 하나님의 함께 하심을 서로 경험하며 살아갈 수 있다. 사람과의 관계를 소중히 하기 위해서는 항상 자신을 돌아보는 태도가 관계의 시작이라고 표현하고 싶다.

　요즘 목요비전스쿨에서는 관계회복에 대한 부분을 집중적으로 치유하고 있다. 사람은 누구나 관계를 떠나서는 살 수 없다. 사람의 삶은 대부분이 관계에 얽혀 있다. 그러나 관계가 원만하게 잘 이루어지기도 하지만 그렇지 못하는 경우가 다반사인 것이 우리 인생사이다.

　상담하러 오시는 분들을 대부분 보면 관계에 대한 문제 때문에 온다. 관계에 얽혀 있는 문제들, 그 이면에는 항상 "오해"라는 잘못된 인식이 자리 잡고 있다. 오해로 관계 파괴가 생기고 상대방에게 상처를 주며 자신은 전혀 잘못이 없는 것처럼 착각하며 자신 내면의 문제는 돌아보지 않고 상대방을 판단하고 정죄하는 죄에 빠지게 된다. 그러나 안타까운 것은 이러한 오해가 있다는 것을 발견 못 할 뿐 아니라 관계의 대부분은 상대방에 대한 "투사"(남탓)로 나타나고 있다는 것이 더 불행이고 비극이다.

인간의 대부분이 이런 비극은 하나님과의 관계에서 조명해 보지 않으면 알 수 없는 일들이다. 그처럼 하나님과의 관계는 더 말할 필요도 없이 중요한데도 그 관계를 구체적으로 어떻게 해결해 가야 하는지 모르고 무거운 신앙생활을 계속하고 있다.

오늘 본문은 우리에게 이런 관점에서 하나님과의 관계에서 누리는 소중함에 대한 인식을 깊이 하지 않는다면 아무리 오랫동안 교회생활을 한다 할지라도 관계에서 오히려 어려움을 계속 느끼면서 살아갈 수밖에 없다는 것을 말하고 있다. 본문 속에서 마음에 들려지는 주님의 음성이 깊이 가슴에 새겨지도록 마음에 와닿는다.

두 마음이다. 주님의 은혜를 갈망하는 태도와 내 영혼의 연약함이다.
인간에게 가장 복된 관계의 시작은 이렇게 시작되는 것 같다.
내 영혼이 아픔 속에 거한다 할지라도 하나님을 목말라하는 마음이 하나님과의 관계를 통해서 회복을 찾아가는 길이며 이러한 회복을 위하여 자신의 연약함을 느낄 수 있어야 한다는 것이다. 본문은 이런 관점에서 우리에게 하나님과의 관계에서 누리는 풍성함을 표현하고 있다. 주님으로부터 오는 복을 맛본 자, 주님으로부터 오는 힘을 받는 자는 하나님과 관계의 축복을 알 것이다.

어느 상담자의 고백처럼 교회를 오는 기쁨, 예배의 기쁨, 예배의 축복을 경험함을 말하고 있다. 하나님과의 관계에서 회복되어 가는 기쁨, 안정을 찾아가는 기쁨, 길을 찾아가는 기쁨, 눈이 열려지는 기쁨, 문제가 무엇인지를 발견하고 회개를 통해 회복해 가는 기쁨, 현실의 문제 속에서 가지는 담대함과 여유로움의 기쁨, 등 이 모든 것들이 하나님과의 관계에서 누리는 풍성함일 것이다.

우리는 하나님과의 관계에서 이 풍성함을 찾아야 한다. 아니 빼앗기지 않도록 힘써야 한다. 하나님과의 관계에서 세워지는 내 영혼의 기쁨을 알아가야 한다.

이것은 현실이고 사실이다. 이것을 중요시 여기는 인식이 있어야 한다.

오늘날 우리는 예배를 통한 감격과 감동을 회복시켜 나가야 한다.

예배를 통해 하나님의 음성을 듣고 하나님의 임재를 느끼며 그 속에서 내안의 부족함을 발견하고 하나님을 향한 나 자신의 부족함을 고백하고 회복으로의 유턴을 해야 할 것이다. 그리고 예배를 통해 성령의 기름 부으심을 경험하며 하나님으로부터 오는 힘과 은혜를 공급받는 것처럼 축복된 삶이 없다는 것을 인식해야 한다.

그리스도인에게 가장 소중함이 예배를 통한 축복일 것이다. 굳이 나눌 필요는 없겠지만 자신을 드리는 드림의 예배를 통해 힘을 공급받을 뿐만 아니라 삶으로 살아가는 예배를 드려야 할 것이다. 의도적인 드러냄이 아니라 이미 예배를 통해 공급받은 힘은 우리의 삶을 통해 흘러넘쳐나게 되는 것이다. 이것이 그리스도인의 축복인 것이다.

이렇게 드려지는 자신도 축복이고 그 축복은 나타나는 축복으로 결국 하나님과 사람을 풍성하게 함이 예배의 축복 속에 담겨 있다고 말하고 싶다. 이러한 삶의 과정은 자신에게 하나님의 임재를 느끼는 삶을 경험하게 될 것이고 더 나아가 다른 사람에게 회복과 해결과 평안의 영으로 회복되게 될 것이다. 하나님은 지금도 우리 한 사람, 한 사람에게 기대를 걸고 계신다.

하나님은 우리를 희망이라고 생각하고 계신다. 그런 나를 소중히 여기시며 보호하시며 인도해 가시고 계신다. 부족한 중에도 연약한 중에도 불순종한 중에도 하나님 나를 바라보고 계신다. 절망하지 말고 일어서서 새롭게 시작하길 원하시는 것이다. 하나님은 자신을 향하여 돌이키는 자를 가장 소중히 여기시며 축복하신다. 하나님께로 돌이키는 것처럼 우리에게 소중한 축복이 없다.

그냥, 시간이기에, 주일이 다가왔기에, 의무적이라도 가야 하겠기에 식의 신앙이 아니다. 진정으로 하나님으로부터의 회복을 원함이 우리 안에서 역동적으로 일어나야 한다. 진정으로 마음이 돌이켜진 자를 하나님은 아신다. 그리고 그런 자를 원하신다. 또한 그런 자만이 하나님의 기쁨을 누릴 수 있는 축복을 알게 될 것이다.

우리의 부족한 부분, 연약한 부분, 불순종한 부분 있을지라도 돌아보아야 한다. 지금이 중요하다. 나를 위해 주님을 위해 이웃과 가족을 위해 공동체를 위해.

나 자신을 돌아보자…….
그리고 축복된 자로 살아갈 자신을 축복하자…….

우린 하나님의 은혜를 입은 축복의 자녀라는 사실을!!!!!!!!!

그 하나님의 은혜의 크심은 우리가 마음에 품어야 할 최고의 비전이란 사실을….

복음으로 무장하여 때를 분별하라 (디모데전서 1:1-20)

항상 시대의 흐름에 따라오는 것은 어느 시대에나 있었다. 다름 아닌 미혹과 거짓이다. 많은 사람들이 즐겨보는 사극 드라마를 통해서 연출되는 모든 과정 속에 보면 여지없이 나타나는 것이 미혹과 거짓과 음모 속에 진실은 항상 박해와 고난을 당하는 모습을 보게 된다.

그런데 안타까운 것은 왜 많은 사람들이 그 음모 속에 술수 속에 거짓 속에 속해 있을까 하는 것은 아마 우리 인간의 타락된 속성을 보여주는 것이 아닌가 싶다. 그래서 거짓과 음모 속에 연출되는 것을 보면서 사람들은 쾌감을 느끼고 그 속에 함께 젖어서 공유하며 나름대로의 기쁨을 만끽하는 것이 아닌가 싶다. 믿음의 세계라고 해서 예외는 아닌 것 같다. 항상 진리를 위해 좇아가는 사람이 있는가 하면 그 진리를 모방하여 미혹과 음모와 술수 속에 빠져가는 사람도 지금 우리 시대에는 그 어느 때보다 많은 것 같다.

이런 때일수록 복음에 깨어 있어야 하고 분별력을 가져야 할 때이다. 바울 사도도 그런 면에서 자신의 가장 아끼는 제자 디모데에게 미혹과 음모와 거짓된 신앙을 분별하고 깨어 있어야 할 것을 오늘 본문을 통해 교훈해 주고 있다.

지금 이 시대를 살아가면서 무엇을 분별하고 받아들여야 하는가?

진리에서 벗어난 지나친 경험, 체험 중심의 허탄한 이야기에 속지 말아야 한다. 그 밑바닥에는 타락된 본성과 욕심과 거짓에서 비롯되고 있다는 것이다. 여러 사람들을 상담하면서 느끼는 것은 왜 그런 문제 속에 거짓 속에 속았는가를 돌이켜 보면 이미 자신의 내면에 그러한 것에 관심을 두고 있었던 것을 발견하게 된다. 다시 말해 자신의 내면에 미혹에 끌려들 수밖에 없는 마음들이, 속을 수밖에 없는 상태의 마음들이 자신도 모르게 자리 잡고 있었다는 것이다. 즉 진리에 깨어 있지 못하고 있기 때문에 사람들의 소리에 듣기 쉬운 소리에 마음이 쉽게 끌리고 그 소리에 쉽게 미혹당한다는 것이다.

이런 표현을 하는 사람들은 대부분이 청결치 못하고 정직하지 못한 타락된 인간의 본성에서 나오는 사고로 인해 자신도 고통에 빠져들고 남까지도 고통에 시달리게 만든다는 것이다. 이런 경우 그야말로 아주 합법적으로 너무나도 분명한 것처럼 확신 있고 구체적으로 사람들의 마음을 미혹한다는 것이다. 그러나 실상은 그 이면에 아무런 도움도 되지 않고 옳지도 않은데 이미 내 마음이 정리가 되지 못하고 있기 때문에 자신이 원하는 소리를 해 주기 때문에 끌려들게 된다는 것이다.

그러므로 우리는 속임을 미혹하는 사람들을 탓할 것이 아니라 나 자신이 그런 미혹에 거짓에 말려들지 않도록 자신을 관리해야 한다. 자신을 회복시키고 세우는 것만큼 가장 소중한 영적 생활은 없을 것이다. 문제를 실제적으로 극복하기 위해서 어떻게 준비해야 하는지 어떻게 훈련해야 되는지를 배운 적도 없고 들은 적도 없고 그냥 되풀이 되는 생활 속에 젖어 있는 것도 문제이다. 이런 경우 가장 먼저 힘쓰고 해야 될 것은 성경을 꾸준히 규칙적으로 읽는 것만큼 좋은 방법은 없다.

성경을 읽다 보면 성경 속에서 주는 교훈, 힘, 깨달음, 회개, 지혜, 고백, 결단 등 많은 것들을 말씀을 통해 경험하게 될 것이다. 꾸준히 성경을 읽는 습관은 자신에게 믿음의 뿌리를 내리는 것만큼 중요한 역할을 하기 때문이고 그 읽은 말씀을 통하여 이미 자신의 내면이 든든히 세워지기 때문에 중요한 것이다. 바울은 말씀의 능력을 누구보다 잘 알았기 때문에 사도행전 20장 31-32절에서 밀레도 항구에서 에베소 장로들과 성도들과 헤어지면서 그들에게 주었던 고별의 말씀이 있었다.

"그러므로 너희가 일깨어 내가 삼 년이나 밤낮 쉬지 않고 눈물로 각 사람을 훈계하던 것을 기억하라 지금 내가 너희를 주와 및 그 은혜의 말씀께 부탁하노니 그 말씀이 너희를 능히 든든히 세우사 거룩케 하심을 입은 모든 자 가운데 기업이 있게 하시리라"

바울 사도는 그 어떤 조직이나 사람에게 영혼들을 부탁한 것이 아니라 '주와 및 그 은혜의 말씀께 부탁하노니'라고 고백하면서 영혼들을 하나님의 말씀에 부탁을 했다. 우리는 무엇보다 시대의 흐름을 분별해야될 필요가 있기에 자신을 올바르게 살피는 사람이라면 나 자신이 하나님의 말씀을 붙들지 않으면 안 되는 사람이구나 하는 것을 깨달아야만이 하나님의 뜻을 좇을 수 있는 사람이 될 것이다.

오랜 시간 자신과 삶을 함께 교제해 온 멘토가 있는 것도 많은 도움이 될 것이다

하나님은 관계 속에서 그것도 가장 인격적으로 사람을 통해서도 역사하고 있음을 고백하고 받아들여야 한다. 필요에 의해서 사람을 만나기도 하고 그 사람을 통해서 듣기도 하고 깨닫기도 한다. 하물며 하나님의 인도하심을 바라고 멘토와의 관계에서 우리 자신이 분별력을 통해 미혹과 거짓에 이용당하지 않도록 멘토와의 관계를 가지는 것도 중요하다. 사람만을 의지한다는 사고를 조금 바꾸어 사람을 통해 역사하시는 하나님을 기대하는 믿음으로 멘토를 대한다면 자신에게 관계도 든든해지고 하나님의 뜻하심도 있을 것이다. 우리는 수없는 문제를 당하고 살면서 누구에게 어떻게 말을 함께 나누어야 할지 암담할 때가 많다. 하나님은 주위에 수많은 관계 속에서 살아가도록 많은 사람들을 주셨다. 하나님은 그 사람들을 통해 지금도 역사하고 있음을 우리는 의심치 말고 순종하며 주권을 인정해야 한다. 멘토를 통해 새로운 믿음을 세워가는 든든한 디딤돌도 될 수 있을 것이다.

물론 더없이 중요한 것은 개인 스스로가 하나님과의 기도의 깊은 교제를 통해서 분별해 가는 길이겠지만 자신의 영적 상태를 인식해 가면서 지혜롭게 선택하는 것도 필요한 것 같다.

자신이 청결한 마음과 선한 양심과 거짓 없는 믿음을 소유하는 자가 되라

그 누구를 위한 길이 아니라 자신을 위해서 그렇게 해야 된다. 그래야만 자신 스스로가 미혹과 거짓에 속지 않을 뿐만 아니라 속이려는 사람조차도 돌이켜 깨닫게 해 줄 수 있기 때문이다. 기독교 복음의 본질과 핵심은 나 자신만이 아니다. 자신을 올바르게 세우고 자기 자신에 대한 책임과 의무를 바르게 인식한 자만이 진정한 이웃 사랑의 실천을 어떻게 하는 것인지를 알게 될 것이다. 윤리, 도덕의 수준을 넘어 더 구체적이고 깊은 관계의 거짓 없는 나눔의 관계 속에서 사람들은 마음을 열고 신뢰를 가지며 하나님의 사랑을 깨닫고 느낄 수가 있는 것이다.

나 자신의 청결한 마음, 선한 양심, 거짓 없는 믿음은 그처럼 소중한 것이다. 사랑을 말하기 이전에 실천하기 이전에 자기 자신을 제대로 돌아볼 수 있는 사고력이 있어야 어떻게 사랑하는 것인지. 어떻게 실천해야 되는지 올바르게 알 수 있을 것이다.

바울은 복음을 접하면서 이 놀라운 사실을 우리에게 고백해 주고 있다. 자신도 복음으로 정립되지 않았을 때의 삶의 모습을 교훈하고 있으며 더 나아가 복음 안에 발견된 자신의 모습을 보면서 하나님의 은혜가 있었기에 지금의 내 모습이 있는 것이지 이것은 복음의 은혜라는 것이다. 무지하고 어리석고, 거짓된, 그야말로 죄인 중의 괴수인 바울, 아니, 우리, 나 자신의 모습을 하나님께서 미혹과 거짓과 속임이 난무하는 지금의 우리시대에 어떠한 사명과 책임을 가져야 되는지 자기 자신에게 고백할 수 있어야 하고 준비할 수 있어야 한다는 것이다.

자신을 발견하는 것과 자신에 대한 정화는 이 시대에 우리를 부르신 하나님 앞에서 가장 먼저 준비하는 올바른 복음적 태도일 것이다. 이러한 자기발견과 정화 없이는 우리 자신도 사람 본성의 욕심과 신화를 좇아 거짓된 삶을 살 수밖에 없을 것이다. 지금의 나 된 삶에 감사를 고백하면서 시대 앞에 역사 앞에 부르심 앞에 자신의 인생 앞에 내가 어떠한 삶을 준비하고 살아야 하는 것은 하나님께서 각자 우리에게 주신 자신의 몫이다.

새해를 눈앞에 두고 맞이하고 있는 시점이다.
새로운 장이 펼쳐질 새해를 기대하면서 가장 소중한 나 자신, 우리 자신에게 주님 앞에 고백할 수 있는 우리 자신의 결단의 표현이 있어야 할 것이다.

주를 온전히 따르고자 함이 있는가?

선거의 계절이 돌아왔다. 매스컴에서도 인물들을 부각시켜 떠올리고 있다. 그 인물 뒤에는 그 사람을 지지하고 따르는 사람도 마치 본인이 주인공인 것처럼 뭔가에 도취되어 열심히 선거기간 동안 정신없이 쫓아다닐 것이다.

무엇을 위해서일까? 인기, 명예. 욕심. 권세, 돈, 무엇 하나 버릴 수 없는 것들일 것이다. 뭔가를 목적으로 하고 최선을 다해 참모로, 혹은 당원으로 혹은 지지자로 따를 것이다. 우린 무엇을 위해 주님을 따르는가? 만약 위의 것들과 같은 것을 목적에 두고 있다면 그 사람들이나 우리나 별반 다를 것이 없을 것이다. 아니 어쩌면 우리가 더 온전치 못한 사람일지도 모른다.

선거철의 그들은 인간의 본성을 그야말로 있는 그대로 표현하고 상대방을 공격하고 자신은 포장을 하면서 온갖 사람이 할 수 있는 것들을 적나라하게 표현하고 있다. 그러나 과연 우리는 무엇에 탈을 쓰고 그렇지 않는 것처럼 아주 익숙해진 종교적인 지능으로 그 누구를 따르고 있는지도 모른다. 그러고도 아닌 것처럼 숨기면서 포장을 하고 있는지도 모른다.

누군가를 따르고 있다면 그 따름에 합당하게 그 모습이나 모든 것이 그대로 나타나야 한다. 이것이 온전히 따름일 것이다. 그야말로 흉내, 모양새가 아니다. 그분이 가졌던 관심, 마음, 사랑, 베푸심, 행하심, 왜 나에겐, 우리에겐 이런 것이 없을까?

온전히 따른다면 오랫동안 쫓아서가 아니라, 이것이 나의 생활에 나타나야 하지 않을까? 왜 우리 안에는 이런 것이 없이 수없는 갈등과 그 따름에 대한 부담으로만 자리 잡고 그것도 어느새 세월이 흐르다 보니 나도 모르게 식상해져 버린 그 따름의 관계가 되어 버린 것이 아닌가 돌이켜 봐야 할 것이다.

실상을 돌이켜 보면 결국은 온전히 쫓음이 없음을 발견할 수밖에 없다.
온전히 쫓음보다 그냥 관계 안에서 쫓는 것처럼 착각하고 있는지도 모른다.
이것이 우리 모습, 나의 모습인지도 모른다.

그러나 그분은 누구보다도 나를 아신다. 그리고 내 마음을 아신다.
그리고 나를 향한 긍휼의 눈빛!!!!!!!!!!
나를 향해 기다림의 눈빛을 지금도 보내고 계실 것이다.
환경을 통해, 현실을 통해 나를 시험할 것이다.
네가 나를 온전히 쫓을 수 있겠느냐고……

이럴지라도……. 고통스러울지라도…………….

불안을 느끼는 현실일지라도 ……………

오직 나만을 바라보며 올 수 있겠느냐고……………….

나를 사랑하시기에 그분은 그 자리에서서 나에게 눈…빛…을 보내실 것이다. 나를 온전히 쫓을 수 있겠느냐고…………

나를 보며 안타까움이 더하는 것은 정말 온전히 쫓음이 부족하다는 것이다.

아니 나로서는 온전히 쫓을 수가 없다는 것이다.

베드로도 그랬는지 모르겠다. 그 나름대로는 열심히 쫓으려고 주님을 따르겠다고, 끝까지 함께 가 보겠다고 따랐는지도 모른다. 그렇지만 베드로도 사람으로서의 자신의 한계를 느꼈을 것이다. 내가 따른다고 말은 했지만 실상 부딪히는 인간의 한계 앞에서 주를 부인할 수밖에 없었던 것처럼 그리고 주를 볼 수 없었던 것처럼 어쩌면 베드로가 그분을 따르는 자로서 뼈저리게 겪어야 하는 아픔의 자리인지도 모르겠다.

그렇지만 피할 수 없는 그분의 눈…빛…….

'베드로야 그게 네 모습이잖니…….

나는 네가 너의 그 모습 알기를 기다리며 여기까지 온 거야….'

어쩌면 주님은 이미 베드로를 아셨고 주님은 베드로를 아신 것처럼 나를 아시고 우리를 아시고 계신다.

그리고 우리를 그 자리에 끌고 가고 계신지도 모르겠다.

내가 따른다고 쫓는다고 했지만, 나 역시 주님을 따를 수 없는 자인 것을 모르고 여기까지 왔나이다. 이것이 나의 한계이고 나의 모습입니다.

이런 고백이 나올 수밖에 없는 자리로 주님은 우리를 이끌어가고 계신지 모르겠다.

그중에서도 내가 가장 인간의 밑바닥에서 느끼는 양심의 소리는 그래도 내가 주의 눈…… 빛……을 피할 수가 없나이다.

주…여… 나는 주님을 따를 수 있는 존재가 아니라 피할 수밖에 없는 존재라는 사실을 몰랐나이다.

주…여…. 나를 건지소서.

내가 주를 피함이 사망의 음침한 골짜기이니이다.

이 사망에서 나를 살리시고 나를 건지소서.

내가 주님을 따름이 아니요, 내가 주님을 쫓음이 아니라

주……… 님………… 이…………

나를 이끌어가고 계시나이다.

내가 할 수 있는 고백은 주여 나에게 주를 온전히 쫓음이 없음을 내가 보나이다.

주여 나를 어찌하시겠나이까…………?

나의 영혼이 편치 못하여 내가 신음할 수밖에 없나이다.

나의 주여……….

지금 이 시간에………….

나에게 주님을 느끼게 해 주옵소서…………….

그래야 내가 살겠나이다. 나의 영혼을 건지소서………….

2부

무엇을
말하려는가?

믿음은 창조신앙이다

오늘부터 몇 주가 될지 모르겠다만, 야고보서신을 묵상하려고 한다.

잘 아는 것처럼 야고보서는 행함이 있는 믿음에 대해 전해 주는 서신이다.

전통적으로 성경은 행함보다는 믿음을 강조한다. 구약성경도 마찬가지이며 신약성경은 더더욱 마찬가지이다. 모두 믿음을 강조한다. 신약시대를 거치면서 행함을 강조하면 왠지 율법주의자들을 연상하게 된다.

성도의 믿음과 삶에 대해 전해야겠다는 생각을 오래전부터 가지고 있었다. 예수님을 믿지 않는 사람에게는 주의 뜻도, 하나님의 뜻도 중요하지 않기 때문이다.

그래서 어떤 분들은 노골적으로, 솔직하게 표현한다.

"내가 교회에 다니는 이유는 복을 받기 위함이다."

신앙생활을 하며 성경을 가까이 대하다 보면, 주의 뜻과 물질의 복, 이 두 고백은 하나임을 깨닫게 된다. 처음에는 물질과 건강의 복만을 생각하고 바라는 마음으로 교회에 나왔지만, 점차 복이라는 개념이 가시적인, 보이고 가질 수 있는 복에서 비가시적인, 즉 보이지 않는 영적인 의미로 변화하기 때문이다.

이러한 보이는 것에서 보이지 않는 것으로의 변화, 의미를 중요하게 생각하는 변화는 신앙에서만 중요하게 취급되지 않는다. 모든 분야, 부분에서 보이는 것보다는 의미의 소중함을 갖는 것이 중요하다. 성숙한 사람일수록 의미의 중요성을 놓치지 않는다. 성숙한 사회일수록 모든 일의 의미를 중요하게 생각한다.

우리가 신앙생활을 하면서 보이는 것에만 집착하고 몰두한다면 이는 성숙한 신앙이 아니다. 그렇다고 지금 말씀드리는 것이 물질에 대해 반감을 가져야 한다는 의미도 절대 아니다. 신앙생활만이 아니라 물질생활에서도 믿음의 모습이 나타나는 성숙한 신앙을 가져야 한다.

아는 것(앎)과 사는 것(삶)

신앙생활을 바르게 하기 위해서 바르게 아는 것과 바르게 생활하는 것, 즉 올바른 앎과 삶이 필요하다. 바른 앎이 없으면 바른 삶도 힘들다. 그러한 면에서 앎은 삶의 기초가 된다고 말할 수 있다.
그러나 삶이 따르지 못하는 앎은 문제가 되는 경우가 많다.

모르는 게 약이라고, 알아서 병이 된다고 삶이 따르지 못하는 앎은 비판과 분열을 일으키는 경우가 많기 때문이다. 앎과 삶의 관계는 앎이 먼저이지만, 앎보다는 삶이 더 중요다.

늘 말씀드리고 강조하는 내용이지만, 하나님의 자녀는 날마다 변화하는 사람들이다. 그래야 하나님의 사람이다. 이것이 우리의 현재를 살아가는 창조신앙의 모습이다. 하나님의 은혜로 우리는 날마다 변화하는 사람들이다. 매 순간 변화하는 사람들이다. 그리스도인의 변화는 삶 속에서 창조의 역사를 만드는 일이다.

사명으로 기쁨을 이루며 살자

그리스도인으로서 영적 생활의 실제적인 모습이 무엇인가를 인식하고 살아야 될 중요성을 강조하고 있다. 교회든, 가정이건, 직장생활이든 어디에 있든지 그리스도인으로서의 삶의 관계성을 구체적으로 조명해 주고 있다.

우리 주변의 대부분이 하나님을 향한 태도로 나타나야 됨을 말하고 있다.

하나님을 향한 태도로 나타나는 자신의 모습이 어떠한가는 더욱 중요시된다.

이러한 정신이 무너지면 온전한 하나님 자녀로서의 삶을 살 수 없다. 그러므로 하나님과의 관계에서 법으로 섬기는 것이 아니라 정신으로(사랑으로) 하루에 주어진 삶을 최선을 다해 살려는 마음이 하나님을 섬기는 모습일 것이다.

어떤 마음으로 주를 섬기고 있는가?
어떤 태도로 주님과의 관계를 나타내는 삶을 살고 있는가?

자신 스스로에 대하여 성숙한 헌신자가 되라

어디서든지 동일한 모습으로 살아가는 삶의 인격이 된 모습이다.

정직히 행하며 공의를 일삼으며 그 마음에 진실을 말하는 것.

우리 자신의 인격 성숙을 말하고 있다.

자신을 향한 하나님을 향한 이웃을 향한 최고의 헌신은 인격 성숙일 것이다.

바울은 디모데전서 4장 15-16절에서 자신 스스로를 가르치는 일을 계속해야 자신 스스로를 구원할 것이고 또한 내게 듣는 자를 구원한다고 표현하고 있다.

15절에서는 '모든 일에 전심전력하여 너의 진보(성숙함)을 모든 사람에게 나타나게 하라'고 말씀하고 있다.

그리스도인의 최고의 헌신은 자신의 성숙함이다. 성숙함은 삶을 표현하고 있다. 정직히 행하며, 공의를 일삼으며 진실을 말하는 것은 우리 자신의 지·정·의에 대한 최고의 헌신이다. 이것이 하나님을 예배하는 자세이다.

그릇되게 행하는 종교성의 생활에서 벗어나 자신을 성숙시켜 가는 헌신자가 되어야 한다. 이 예배를 하나님께서 기뻐 받으실 것이다.

이웃에 대하여 죄악된 행동을 멈추고 사랑을 실천하라

신앙은 법으로 지켜가는 것이 아니고 그 정신으로 순종하는 것이다.

이웃에 대한 자신의 의식이 갖추어져야 한다. 이것이 시내산 계약법이다.

남을 비난하는 일, 무례히 행동하는 일, 괴롭게 하는 일에 대한 우리의 일상을 돌아보자 하루에도 수많은 죄악을 행하면서도 의식이 없이 살아가고 있지는 않는가?

이러한 정신이 있어야 깨어 있는 삶을 살게 된다.

나로 인해, 고통을 느끼는 자, 나로 인해 상처를 받는 자, 나로 인해, 괴로움에 시달리지 않도록 나로 인해 무엇이 발생해야 하는지에 대한 사명의식이 정말 중요하다.

이것이 복음을 증거하는 가장 중요한 매개체가 될 것이다.

오늘도 나에게 주어진 삶의 현장에서 나는 어떤 태도로 하루의 삶을 승리할 것인가? 사명자로서 하루를 살아가려는 의식이 우리에게 이미 축복인 것이다.

자신 스스로가 사명의식을 가지고 승리의 삶을 선택하며 살라

내가 해야 될 일을 놓치지 말아야 한다. 한눈팔기 때문에 다 놓쳐 버린다.

한눈파는 일은 다 부질없는 것인데 이것 때문에 사명을 놓쳐 버리는 것이다.

사명을 놓쳐 버리고 할 일을 잊어버리기에 쓸데없는 것들이 보이고 행해지는 것이다. 하나님은 우리를 사명으로 부르셨다. 오늘 나에게 주어진 삶의 현장이 사명이 이루어지는 곳이다. 그러기에 그리스도인의 삶은 축복이다.

사명의식을 잊어버림이 어쩌면 자신을 괴롭게 함이 될 것이다. 사명의식을 행할 때 자신에게 기쁨이고, 하나님께도 영광이고 이웃에게도 따뜻함이 될 것이다.

나에게 주어진 하루의 삶은 축복이다. 사명이 이루어지는 축복의 현장이다.

그곳에 주님이 함께하시며, 그곳이 산제사를 드리는 곳이며 그곳에 하나님의 뜻이 이루어지며 그곳에 하나님의 사랑과 공의가 실천되는 곳이다.

오늘도 힘찬 승리의 기쁨이 나타날 수 있기를 기대하며 출발하자!!!!!!!!!

여호와를 만나는 자리

여호와 하나님은 우리가 날마다 승리의 삶을 살기를 원하신다.

그리고 그 승리의 삶은 하나님을 믿는 믿음에서 이루어져 간다.

사람이 승리의 삶을 이룰 수 있는 현장이 있다. 그곳은 하나님의 임재를 느끼고 하나님의 인도하심을 느끼는 곳이다. 하나님의 임재를 느낄 수 있는 곳은 정말 소중한 곳이다. 사람이 의도적으로 환경을 만들수도 없고 만들어지지도 않는다.

우리의 삶 속에 하나님은 우리를 하나님의 임재를 느낄 수 있는 현장으로 우리를 초대하고 계신다. 그곳에 가야만 하나님을 만날 수 있고 느낄 수 있고 뵈올 수 있고 들을 수 있다. 중요한 것은 정말 우리 마음에 그러한 곳을 가고자 하는 마음이 있느냐는 것이다. 그리고 정말 하나님을 알고자 하는 마음이 있느냐는 것이다. 다시 말해 나의 문제를 해결받고자 하느냐 아니면 하나님의 뜻을 좇고자 하느냐일 것이다. 여기에 대한 분명한 정립이 없다면 우리 자신은 믿음에 대하여 진지하게 하나님과의 관계성을 생각해 봐야 할 것이다.

오늘 본문은 우리에게 하나님을 만나는 배경을 분명히 말씀해 주고 있다.

지금 우리의 삶은 어떠한가? 하나님께서 오늘 나에게 무엇을 말씀하고 계시는가?

우리가 처한 고통 속에서 하나님은 만나 주시고 응답하신다

왜 이래야만 되는가? 하는 말을 참 많이 들어왔다. 그러나 정말 성경을 알고 하나님을 알고 자신을 안다면 이런 질문은 하지 않을 것이다. 이런 질문은 우리가 우리 자신을 모른다는 말이다.

어느 부모가 자식을 고통스럽게 만나기를 원하는 부모가 어디 있겠나. 그런 상태에서 만난다면 자식의 고통보다 부모의 고통은 더 클 것이다. 그런 고통을 감수하고 하나님은 우리를 만나기를 원하신다. 아픔을 느껴 가면서 그 자리에 가야만 우리의 인격이 진동하기 때문이다. 귀가 열리고, 마음이 열리고 눈이 열리기 때문이다. 그렇지 않고서는 우리가 쉽게 주의 말씀에 뜻에 귀를 기울이지 않는다는 것이다. 주의 말씀을 전심으로 받아들이지 않는다는 것이다. 주의 말씀을 생명처럼 소중하게 여기지 않는다는 것이다.

하나님의 말씀을 소홀히 생각하는 것은 자신의 인생을 그렇게 생각하는 것과 다를 바가 없기 때문이다. 하나님의 말씀은 내 인생의 소중한 보배이고 보물이라는 생각을 가져야 한다. 하나님의 소리를 소중히 여겨야 한다. 듣지 않으면 안 되는 것이다. 듣지 않을 수 없는 것이다. 그것도 대충이 아니고 잘못된 풀이가 아니고 올바르게 분명히 들어야 한다. 그래야만 바른 삶으로 행복의 삶으로 살 수 있기 때문에 하나님은 귀가 열리고 마음이 열리고 눈이 열리는 현장으로 (그곳에서: 환란, 고통) 가서 말씀하신다.

남자들의 속성 중에 운전하면서 쉽게 길을 묻지 않는다는 속설이 있다

끝까지 자기가 해 볼 대로 다 해 보고 나중에 안 되면 마지못해 자존심, 체면 다 내려놓고 물어본다는 것이다. 길을 묻는데 자존심, 체면, 이게 무슨 상관인데 그래도 묻질 않는다는 것이다. 이게 남자만의 문제일까? 우리 인생이 이렇다.

하나님께서도 그 고통의 현장으로 같이 가신다. 할 수 없이 자신이 고통을 겪으면서 함께 가신다. 본인도 그곳에 가야만 자식이 알아듣기 때문이다.

여기에서 사람이 이제서야 하나님을 향해 귀를 기울이고 마음을 열고 눈을 열기에 그리고 하나님을 향한 삶의 태도에 대한 변화가 일어나기에 주님은 아파하면서도 그때를 기다리면서 그 현장에 계신다. 우리를 일으키고 회복시키고 도우시기 위해 그분은 그 현장에 계신다. 그래서 사람은 그 고통의 값을 지불하는 현장에 가지 않고서는 그분의 소리가 들리지 않는다. 그 현장에 가야 하나님을 향한 진정한 고백이 나오고 뉘우침이 나오고 변화가 나오게 된다. 하나님은 우리의 이 모든 것을 받으신다.

진정한 돌이킴, 고백, 변화, 결단을 통해 축복의 길을 열어 가신다

고통의 아픔을 겪지 않고서는 이런 회복이 이루어지지 않기 때문이다. 만약 고통이 없이 돌이킴이 있다면 그것은 깊이 있는 주님과의 관계성은 아니다. 무엇이든지 그곳에 가야만 느낄 수 있는 것이 있기 때문이다. 하나님과의 만남도 동일하다. 하나님을 하나님으로 만나려면 이런 과정은 필수적이다. 단순한 이성적인, 종교적인 만남이 아니다. 그래서 하나님을 체험으로 만나는 것이다. 이 관계성이 회복될 때 인생의 길은 열려질 것이다. 인생관, 가치관, 신앙관, 물질관, 모든 것에 새로움을 시작할 것이다. 정말 이전과는 다른 모습으로 그 자리에 가야만 이것을 얻을 수 있다. 그곳에서 하나님은 우리에게 진리를 주시기 위해 기다리고 계신다.

지금도 우리는 그곳에서 우리를 기다리시는 주님을 느껴야 한다. 그것이 하나님의 질서이고 하나님의 법이다. 이러한 하나님의 질서와 법은 결국 우리 내면 문제의 영향 때문인 것이다. 진정으로 하나님의 뜻을 좇고자 하는 마음, 따르고자 하는 마음, 따르지 않고는 안 되는 마음을 일깨우기 위함이다. 그것이 우리가 살아야 할 삶이기 때문이다. 고통의 현장에서 하나님은 진정한 우리 내면의 소리를 들으시길 원하신다. 그 소리를 끄집어내어 주길 원하신다. 그 속에서도 진정한 인격의 고백의 소리를 듣길 원하시고 자신을 돌아보는 삶을 통해 하나님의 도움을 진정으로 구하는 자가 되길 확인하는 현장이다. 이 과정을 통과해야 한다. 그래야만 하나님께서 허락하신다. 이것은 우리를 향한 하나님의 배려와 사랑이다. 사랑하기에 그냥 버려둘 수 없는 것이다. 사랑하기에 사랑을 이루는 자가 되기 위해서는 과정이 필요한 것이다.

하나님의 사랑을 올바르게 알아 가면 갈수록 그분의 깊은 사랑 앞에 고백할 수밖에 없고 그분의 사랑 앞에 엎드릴 수밖에 없고 순종할 수밖에 없다. 요구가 아니다. 그분의 원함보다 내 스스로가 그렇게 되고 싶은 것이다. 이것이 하나님의 사랑을 아는 자의 고백이다. 이런 고백이 그 현장을 통과한 자의 축복이다. 다시 말해 우리 사람은 그렇게 쉽지 않다는 것이다. "사람이 쉽지 않다"는 말이 어떻게 들릴지 모르지만 그처럼 쉽지 않은 사람을 포기하지 않으시고 기다리시면서 아파하시며 회복시키길 원하시는 그분의 사랑의 깊이를 사람이 어떻게 측량할 수 있을까?

분명한 것은 여호와 하나님은 우리의, 나의 도움이 되신다는 사실이다

이 관계를 이루는 자만이 승리의 삶을 살 수 있다. 이것이 하나님 자녀 됨의 특권이다. 여호와 하나님은 그 과정을 통과한 자녀들이 기쁨의 삶을 사는 것을 보길 원하신다. 이것이 하나님께 영광 돌리는 것이다. 이 영광을 누리며 살기를 원하신다.

그 현장은 우리의 불순물을 제거하는 곳, 내 안에 연약함을 고백하는 곳, 내 자신의 정직을 고백하는 곳이다. 이러한 것을 우리가 알고 느끼고 인격으로 고백하길 하나님은 원하신다. 그러나 사람은 이런 고백을 해야 될 필요성이나, 문제를 느끼지 못하고 산다. 뿐만 아니라, 할 필요도 못 느낀다. 왜 해야 되는지도 모른다. 그리고 그 길을 고집하며 살아가고 있다.

시편의 말씀을 통해 나에게 필요한 것으로만 말씀을 받으려는 종교성적인 습관도 버려야 한다. 하나님께서 나에게 말씀하시는 그 말씀을 진정으로 듣고 고백하고자 하는 마음의 진동을 느껴야 한다. 이것이 나를 사랑하는 길이고, 주님께 영광 올려드리는 길이고 가정과 교회를 사랑하는 것이다.

나 자신을 돌아보며 하나님을 향하여 나아가는 나의 신앙은 어떠한가?
진정으로 내가 하나님의 뜻을 따르고자 하는 마음으로 믿음생활하고 있는가?
아님 하나님으로 인해 나의 욕구나 필요를 채우고자 하는 마음은 없는가?
그리고 지금 나는 하나님의 자녀로 기쁨의 삶을 누리고 있는가?

함께 그분 앞에 자신의 모습을 보면서 진심으로 고백하는 축복을 경험해 보자.

그 현장에 계신 그분을 떠올리면서⋯⋯⋯⋯.

무엇으로 말하려는가? (시편 12:1-8)

주변을 둘러보면 신뢰보다는 불신의 골이 깊어지는 시대를 살고 있다.

시대의 이러한 참상 속에서 불신의 벽을 넘어서야 하는 것이 그리스도인이다.

나는 무엇으로 오늘도 사람을 대하려는가?

하루의 삶은 사람에게 주어진 축복이다.

이 축복된 하루의 삶이 축복을 빼앗기지 않는 삶으로 나타나야 할 것이다.

어떻게, 어떠한 마음으로, 무엇으로 하루를 시작할 것인가?

불신의 골이 깊어진 이 환경을 어떻게 대처하며 살아야 하는가?

또 그리스도인으로서 불신의 시대를 보면서 감당해야 할 일은 무엇인가?

시대와 현실과 주변의 아픔을 느낄 수 있는 마음이 중요하다

시대와 현실이라는 삶에 동화되어서는 안 된다. 오히려 모든 것은 우리에게 주어진 사명적 시각으로 볼 필요가 있다. 그러기에 우리의 삶이 중요한 것이다. 하나님의 시각으로 보려는 마음의 태도를 가진 자가 그리스도인이며 이러한 의식의 태도를 가지고 사는 것이 오늘 나에게 주어진 축복의 삶일 것이다. 시대와 현실의 아픔을 보면서 내가 감당해야 될 사명을 놓쳐서는 안 될 것이다. 그 사명을 감당하기 위한 주님의 도우심은 오늘 우리에게 절대적이다.

두 가지를 말하고 싶다.

첫째: 불신의 시대에 살아가고 있는 현실의 아픔을 직시해야 한다.
둘째: 이러한 현실에 대한 나의 사명적 사고이다.

어느 곳이든 누구를 만나든, 무슨 일을 하든 이것이 오늘 내가 가지고 살아야 할 나에게 주어진 축복의 삶이다. 사명을 감당할 것인지, 시대를 따를 것인지의 전적인 책임은 나의 자유의지에 달려 있다.

무엇이 절실히 필요한지를 느끼고 아는 삶을 사는 자세가 중요하다.
하나님 말씀의 역사는 아픔을 태동하며 역사한다.
그래서 순결함 속에서 말씀의 역사는 영향력을 나타내고 있는 것이다.

진정으로 내가 무엇을 절실히 필요한지를 느끼고 알려는 마음을 가지고 있는가 하는 것이 중요하다. 그냥 생각으로 사고로 끝나는 것이 아니다.
이러한 생각과 사고로 끝낸다면 그 자체가 자신을 스스로 기만하는 행위가 될 것이다.

진정한 필요성을 느낄 수 있는 것은 하나님과의 관계에서 하나님의 심정으로 보는 태도가 아니면 쉽게 될 문제가 아니다. 오늘도 나에게 주어진 이 축복의 삶의 현장에 하나님 말씀의 역사가 흘러나와야 한다. 어쩌면 나는 오늘 하루도 말씀의 씨앗을 주위에 관계 속에서 생활 속에서 삶을 통하여 뿌리는 삶을 사는 것이다.

불신의 시대를 보면서 이러한 필요성을 느끼고 사는 삶은 가치 있고 기쁨을 누릴 줄 알아야 한다.

이것은 하나님 자녀에게 주신 특권이고 권세이다. 나를 통하여, 생활을 통하여, 관계를 통하여, 무슨 일을 하든지 하나님의 말씀의 씨앗이 뿌려지는 역사가 일어나야 한다.

성경은 이렇게 말씀하고 있다.

"비루함이 인생 중에 높아지는 때에 악인이 처처에 횡행하는도다."(비루함: 성질이나 행동이 품위가 없고 천하다)

오늘도 많은 것을 보게 될 것이고 듣게 될 것이고 만나게 될 것이다.
수많은 환경 속에서 현실의 삶을 극복해 가야 되는 무거운 짐들 때문에 사람들은 주변을 돌아볼 겨를이 없이 어쩌면 살아남기 위한 투쟁의 삶을 살아야 하기 때문에 관계 속에서 많은 문제들이 발생할 것이다.

이러한 생존의 아픔을 가지고 사는 우리 모두에게 서로에게 필요한 것은 서로를 위한 진정한 위로와 존중이 아닐까? 혹 누가 나에게 불신의 아픔을 심어 준다 할지라도, 혹 나를 속이려는 자를 만날지라도, 또 아첨하는 말로 다가올지라도……….

내 힘으로 감당할 수 없는 하나님의 진리의 승리가 이루어지는 날이 되게 하소서.
이 사명을 이루어 가는 축복된 하루의 삶이 되게 하소서.

고통과 아픔 속에 인생을 살피시는 하나님의 심정이 우리를 주장하게 하소서….

오늘 나의 거짓된 입술과 아첨의 입술과 자랑하는 혀로 인한 흔적과 아픔이 사람에게, 일 속에 관계 속에 남겨지지 않게 하소서….

더 나아가 불신이 거짓이, 수단과 방법을 가리지 않고 아첨으로 다가오는 현실에 대하여 인간의 마음으로 대하지 않게 하시고 주의 말씀이 주장하여 말하게 하소서….

왜냐면…….

주님을 사랑하고, 이웃을 사랑하고 나를 사랑한다면………….

하나님 사람으로 사는 길

세상 속에서 살아가고 있는 그리스도인이라면 누구나 갈등하고 고민하는 것이 어떻게 살아야 하나님의 사람답게 사는 길일까? 하는 것일 것이다.

왜냐면 믿음의 길을 선택하며 산다는 것은 세상을 등지는 것이 아니라 세상과 현실 속에서 하나님의 소리를 듣고 살아야 하기 때문이다. 그렇지만 현실 속에 부닥치는 우리의 삶은 너무나 신앙과는 다른 선택을 요구하고 영향을 받으며 살고 있기 때문이 아닐까 생각된다.

그러다 보니 우리 속에는 어느새 자신도 모르게 현실과 타협하고 살아가는 "합리화"라는 사고와 또 하나의 "하나님이란 우상"을 좇아가고 있지나 않는지 돌아봐야 할 것이다. 하나님의 사람으로 사는 길은 그야말로 하나님의 뜻을 좇아 그분의 음성을 듣고 사는 길일 것이다. 우리의 삶은 이 소리를 듣기엔 너무나 많은 방해 소리와 그 소리에 집중하지 못하는 우리의 분주한 삶이 있기 때문일 것이다.

하나님의 소리를 듣고 좇으려고 몸부림친다 할지라도 너무나 남용되고 쉽게 말하고 있는 "하나님"은 "하나님"이란 우상일 수밖에 없기 때문이다.

너무 쉽게 "하나님이 해 주셨어요" "하나님이 말씀하셨어요" "하나님이 내게 그런 말씀을 하셨어요"라는 무수한 말들을 쉽게 하기 때문이다.

우리 시대의 혼란 중에 하나가 어쩌면 "하나님"이란 홍수 속에 만들어진 "하나님 우상"이 아닌가 하는 생각이 들 정도이다.

그 "우상 하나님"을 자신의 욕구에 맞추고 자신의 속성에 맞추어 "하나님"을 쉽게 말하고 남에게까지 "하나님이 이렇게 말씀하셨어요"라고 요구하는 것은 아닐까?

"하나님" 자신의 필요와 합리화에 맞추어 계산된 하나님을 표현하고 있지나 않는지 어쩌면 우리의 내면은 "하나님"을 부를 수 없는 자격 없는 자일 텐데 쉽게 불러서도 안 될 "그분의 이름인데" 내가 과연 "하나님"이란 분을 부를 수 있는 자격이나 있는 자인지……….

지나친 자격지심에 빠져서가 아니라 하나님을 알아 가면 갈수록 "그분을 부를 수 없다는 것"과 "그분을 따를 수 없다"는 것만을 느낄 뿐인데……….

하나님이 사람으로 사는 삶을 포기할 수는 없는 삶이기에 고백해 보는 것이다.

오늘 이 시대의 현실의 삶에서 겪는 갈등이기에………….

과연 하나님의 사람답게 어떻게 살아야 하는지……….

하나님의 뜻을 좇아서 살아간다 할지라도 우리 앞에는 외부적으로는 수많은 장애물과 속임과 미혹의 영향이 우리를 혼란케 하고 있을 뿐만 아니라 내 자신 안에서도 입술로는 그렇게 하나님의 뜻을 좇는다고 고백하고 있으나 실상은 조금만 더 청결하고 정직하게 자신을 살펴본다면 얼마나 우리 자신이 간교하고 교묘하고 불의한 자인지 스스로를 보게 될 것이다.

"하나님"이란 홍수 속에 "인간이 만들어 낸 하나님이란 우상" 속에서 진정한 하나님의 사람으로 사는 길은 입술로 하나님을 찾는 것이 아니라 자신의 내면을 깊이 들여다보면 그 내면에 계신 "하나님"을 만날 수 있을 것이다.

입술로 부르는 하나님을 찾지 말고 나의 내면에 계시는 하나님을 찾을 때 하나님의 사람답게 사는 길이 아닐까 싶은 생각이 든다.

무엇을 구하기 위한 "하나님"을 찾지 말고……….

무엇을 해결하기 위한 "하나님"을 찾지 말고………

능력을 구하기 위한 "하나님"을 찾지 말고…….

"하나님"을 쉽게 말하려고 하지 말고…………….

목표만 이루려는 "하나님"을 찾으려 하지 말고………

자신을 속이면서까지 "하나님"을 찾으려고 하지 말고………

나의 타락되고 거짓되고 교만하고 부패하고 악한 나의 내면을 보면서 그곳에 계신 "하나님"을 찾아야만 하나님의 사람으로 살아갈 수 있지 않을까 생각된다.

그 어떤 목적도 계획도 아닌 내 영혼을 향해 찾아오셔서 나를 그대로 버려 둘 수 없기에 나에게 오지 않으면 안 되었기에 올 수밖에 없었기에 나의 부패하고 타락된 그곳에 계신 "하나님"을 발견하고 그 하나님을 느끼고 그 "하나님"의 눈빛을 마주칠 때 우리는 정직하게 그분께 말할 수 있을 것이다. "주여. 내가 죄인이로소이다. 내가 하나님을 부를 수가 없나이다."

"주여 하나님을 뵐 수가 없나이다."
이 고백이 하나님의 사람으로 사는 길이 아닐까………?

주여………….
움… 직… 일… 수… 가….
없 나 이 다……………

소망을 가진 자의 삶이란

하나님의 자녀로 살아가고 있는 자들에게 지금 현실의 주어진 생활 가운데 무엇을 인식하고 지표로 삼고 살아야 하는지 삶의 원리를 일깨워 주고 있다.

깨어 있는 삶을 의식하라(자신에게)

세상에 섞여 사는 그리스도인이지만 삶의 목적과 의미와 가치, 그리고 방향을 잃지 말아야 한다. 세상과 환경은 어쩌면 끝없이 우리에게 어두움으로 다가온다 내가 깨어 있지 못하면 빛을 잃고 어둠에 묻혀 표류하기 때문이다. 얼마나 나는 진리의 확신 속에 살아가고 있는가?

적용: 나 자신을 깨우기 위해 내가 지속적으로 자신을 위해 할 일은?
    혹 어둠 속에 묻혀 있는 자신의 모습은 무엇인가?
    나의 삶에 깨워야 할 부분은 무엇인가?

깨어 있는 자의 삶은 관계에서이다(타인과의 관계의식)

깨어 있는 자의 삶의 의식은 관계에서 나타난다. 주위에서 힘들게 하는 자, 규모 없이 대하는 자, 연약한 자, 이들에 대한 나의 태도는 어떠한가? 외면하는 자, 무시하는 자, 무례히 행동하는 자. 이것은 삶의 영역에서 다양하게 나타난다. 직장생활에 나타나는 인간관계 속에서 가정에서 생활하는 남편, 아내, 자녀, 가족 간에서도 나타날 수도 있다. 물론 교회 안에서도 이러한 일들은 서로의 관계에서 나타난다.

적용: 자신의 삶의 영역에 이런 불편한 관계는 없는가?

가정, 직장, 교회, 안에서 직면하고 어떻게 처리할 것인가?

이러한 부분을 향하여 내가 좇아야 할 부분은 무엇인가?

깨어 있는 자의 삶의 의식은 주님과의 관계이다(하나님과의 관계)

말씀과 진리 안에 주장하며 깨어 있는 삶의 의식이 중요하다. 하나님 뜻 안에서 자신을 고백하고 주장하는 삶의 의식이 필요하다. 항상 기뻐하고, 쉬지 말고 기도하고 범사에 감사하는 삶의 고백, 주님의 뜻을 좇아 살려는 의식이 나를 지배하도록 성령의 음성에 귀 기울이며, 말씀을 통해 들려오는 예언의 음성에도 초점을 맞추고 전인격적으로 길들여져 가는 삶의 의식도 중요하지만 자신의 삶을 방치하거나, 무감각하게 버려두어서도 아니된다.

적용: 진리를 나의 삶에 얼마나 주장하고 적용하며 사는가?

내가 매일 고백하고 주장해야 할 성령의 음성은 듣고 사는가?

예언에 대한 말씀에 대하여 얼마나 확신하고 주장하는가?

적극적으로 버려야 할 악의 모양은 무엇이고 적극적으로 취해야 할 선은 무엇인가?

3부

흔들리지 말고
자신을
낮추라

나에게 주어진 것으로

얼마 전 신문의 사진에는 아주 귀한 모습의 사진이 실려 있었다.

그것은 미국의 미인 대회에 선천적으로 손이 없는 여성이 나온 것이다.

얼마나 당당하고 자신감에 넘치는 모습이었는지 모른다. 신체의 일부분인 손이 없다는 것은 수치스러울 수도 있고 외모적으로도 쉽게 받아들일 수 있는 모습 또한 아닐 것이다. 그것도 여성의 입장에서 본다면 남자보다 더 충격적이고 힘든 고비를 겪으면서 살아왔을 텐데 신체적 장애를 극복하고 미녀 대회에 당당히 나올 수 있었던 것은 그 여인이 가지고 있는 자신감, 바로 그것은 모든 것을 이기고도 남는 힘이었다.

요즘 많은 교인들이 경제적인 어려움으로 고통을 겪고 있다.

아마 그런 분들은 어서 하루라도 빨리 가난으로부터 자유로워지고 싶을 것이다.

도대체 가난이라는 것이 무엇일까?

이것이 무엇이길래 사람을 그토록 주눅 들게 하며 자신감을 잃게 하는 것일까?

야고보 사도는 많은 교인들이 가난 때문에 힘들어하고 있다는 소식을 들었다.

그는 그 가난한 성도들에게 '어서 분발해서 돈을 많이 벌어 가난에서 벗어나시오'라고 권면하고 있지 않다.

그는 '낮은 형제는 자기의 높음을 자랑하라'고 말씀하고 있다. 여기서 '낮은 형제'라고 하는 것은 가난한 성도들을 말한다. 가난한 성도들은 무조건 가난에서 벗어나려고 몸부림치지 말고 그런 가난 가운데 자기에게 있는 풍성한 것이 무엇인지 찾아보고 그것을 자랑하라고 말씀하고 있다. 다시 말해서 그것을 잘 사용하라는 것이다.

어떤 분은 예수를 믿으면 모두 다 부자가 되어야 하는 것처럼 생각을 한다. 또 어떤 사람들은 예수를 믿으면 모두 질병이 다 나아야 하는 것으로 한다. 그러나 결코 그렇지 않다. 부자라고 해서 다 복받은 것도 아니고 가난하다고 해서 다 불행한 것도 아니다.

반대로 부자라고 해서 다 타락한 것도 아니고 가난하다고 해서 다 거룩한 것도 아니다. 중요한 것은 물질적인 부는 가치중립적인 것이라는 사실이다. 이것 자체는 거룩한 것도 아니고 부패한 것도 아니다. 중요한 것은 사람들이 이것을 어떤 눈으로 보느냐 하는 것이다. 물질은 하나님이 주신 좋은 선물이다.

그러나 중요한 것은 그것을 어떤 눈으로 보며 어떻게 사용하느냐 하는 것이다. 그리스도인들에게 중요한 것은 하나님께서 나에게 주신 것으로 만족하는 것이다.

자기에게 주어진 이상을 가지려고 하는 것이 욕심이다. 그러면 가난한 사람에게 풍성하게 있는 것이 무엇이 있겠나? 아무래도 가난한 사람이 부요한 사람보다 더 하나님을 많이 의지하게 되어 있다.

돈이 많은 사람은 일단 생각이 복잡하다. 왜냐하면 그 돈을 불려야 하고 지켜야 하기 때문이다. 그리고 어려운 일이 있어도 기도하기 보다는 돈으로 해결하려고 한다. 그래서 가난한 사람이 아무래도 믿음에 있어서 유리하다, 그리스도의 제자의 가장 중요한 요소가 단순한 삶(simple life)이다. 그리고 남을 섬기는 데 유리하다.

어떤 부부가 있는데 남편은 일을 잘하고 부인은 요리 솜씨가 좋았다. 그 부부는 가난했지만 그들의 은사로 남을 섬겼다. 우리가 하나님 앞에 섰을 때 몸으로 남을 섬긴 것이 최고의 상급을 받는다. 나에게 주어진 것, 내가 할 수 있는 것으로 살아가는 기쁨을 누리는 당당한 그리스도인의 삶이 축복이다.

믿음으로 질서를 세워라 (디모데전서 5:1-25)

사람의 모든 불행은 죄에서 시작된다. 사람에게 있는 죄성은 자신의 내면에서 질서를 무너뜨리고 더 나아가 다른 사람과의 관계에서도 질서를 무너뜨리고 하나님의 질서를 무너뜨리고 가정과 교회와 조직 안에서도 질서를 무너뜨린다. 이런 영향력은 두 종류의 현상에서 나타난다.

마음이 강퍅하거나 교만하여 나타나는 반응

죄에 길들여져서 자신의 욕망을 좇는 삶으로 말미암아 죄를 죄로 인정하지 않고 합리화시키려는 교만된 생각이다. 이런 교만된 행위는 자신 스스로의 질서를 무너뜨리고 가정과 공동체 주위 사람과의 질서를 무너뜨리는 삶을 살아갈 수 있다. 죄성인 줄 본인도 알지만 그 밑바탕에는 자신의 욕심이 있다. 욕심이 곧 강퍅한 마음이나 교만한 행위를 통해 하나님의 질서를 무너뜨리는 것이다.

스스로가 무능하거나 무지하여 나타나는 반응

앞서 말한 강퍅과 교만은 아예 죄성으로 인해 질서를 인정하지 않으려고 한다면 두 번째는 질서에 대한 반응이나 감각, 중요성을 인식하지 못하기 때문에 나타나는 반응이다. 자신 스스로가 이런 질서의식에 대한 반응을 하지 않고 살기에 무엇을 잘못하고 있는지 무엇을 인식해야 하는지 모르는 것이다. 자신에 대한 질서, 가정, 사람과의 관계, 공동체 안에서 질서는 무너지고 있다.

이러한 일들이 다른 곳에서 나타나는 것만 아니다. 가장 중요하게 질서를 세워야 할 자신 안에서, 교회 안에서, 가정 안에서 일어나고 있으니 안타까울 뿐이다. 질서를 아예 파괴하며 사는 부류의 사람과 질서의 필요성을 전혀 무감각하게 받아들이고 있는 자들의 사고 속에 사탄은 역사하고 있기에 다시 말해 두 유형을 가진 사람들 모두가 속고 살고 있으며 이용당하고 살기 때문이다.

믿음을 가지고 하나님을 섬기며 교회를 섬기며 자신을 찾아간다는 것은 곧 질서의 회복이며 질서의 회복은 하나님 형상의 회복이며 하나님의 주권을 인정하는 것이다. 하나님에 대한 믿음은 말씀을 통해 깨달아 가면서 우리 안에서 무너진 질서를 회복하는 것이며 현재는 내 삶의 무엇이 질서를 무너뜨리는 가를 발견하고 찾아가는 것이다.

질서를 무너뜨리는 바탕에는 죄성이 자리 잡고 있고 그 죄성의 밑바탕에는 어둠의 세력들이 역사하고 있기에 우리는 이 부분에 깨어서 자신을 살펴봐야 한다. 질서가 무너진 삶은 불행해질 수밖에 없으며 아니 질서가 무너졌기에 우리는 불행 속에 살아가고 있는지도 모른다.

질서회복은 하나님에 대한 섬김이며, 자신에 대한 축복이다

복음적인 믿음은 우리 안에 질서를 회복하는 것으로 나타나야 한다. 자신의 책임과 의무, 역할, 더 나아가 절대 해서는 안 될 것과, 꼭 해야 될 일, 어떤 어려움이 오더라도 내가 해야 될 일은 꼭 찾아서 하는 일로 나타나야 한다.

하지 말아야 될 일을 하지 않는 것도 하나님의 주권과 질서를 인정해 가는 것이며 꼭 해야 될 일을 깨닫고 그 일을 감당해 가는 것도 하나님을 섬기는 것이다. 그리고 질서를 회복하는 것이며 자신을 사랑하는 일이며 이웃을 섬기는 일이고 하나님께도 영광이 될 것이다.

올 한 해도 참 바쁘게 살아왔다. 무엇을 하며 어떻게 살아왔는지……. 삶에 쫓기고, 시간에 쫓기고, 환경에 쫓겨 살다 보니 무엇을 하는지도 모르고 살아온 게 아닌가 돌이켜 봐야 할 시점에 우리는 와 있다.

다가오는 새해는 우리에게 주신 하나님의 선물이다

시간과 기회라는 선물을 받을 준비를 해야 한다. 내 안에서 질서를 세우는 일들이 일어난다면 회복을 통하여 하나님의 역사하심이 분명이 우리에게 일어날 것이다. 하나님의 자녀, 즉 믿음의 사람은 하나님의 역사를 기대하며 살아야 한다.

그 하나님의 역사가 일어날 수 있는 삶을 만들어 가야 한다.

우리에게 주신 환경 속에서 관계 속에서 가정과 사회, 교회라는 공동체 안에서 질서를 회복하는 것이 진정한 복음적 믿음생활일 것이다. 이것이 그리스도인의 책임이고 의무이며 빛과 소금의 역할일 것이다. 비록 세상 사람들에게 비춰지는 교회의 모습, 교인들의 모습이 좋게 보이지 않을지라도 우리는 지금부터라고 질서를 회복하는 삶을 통하여 모델 교회의 모습, 모델 신앙인의 가정, 모델 교인의 모습을 세워 가야 한다.

내 안에 무너진 질서가 무엇인가를 고백하고 무너진 질서가 무엇인지를 모르면 성령님의 도우심을 구하면서 진정 하나님을 예배하는 자로서 살아가길 원한다면 이런 진정한 우리 안에서의 변화와 고백이 하나님을 섬기는 것이며 진정한 믿음의 사람일 것이다.

얼마 남지 않은 올 한 해를 이런 모습으로 자신을 드리며 회복해 가는 기회를 가지자.

기도의 비밀을 아는 자

신앙생활을 하면서 나타나는 뚜렷한 증거 중의 하나가 기도생활의 은혜일 것이다.

주님은 우리에게 끊임없이 생활 속에서 일어나고 있는 문제를 해결하기 위해서는 기도의 필요성을 강조하셨다.

누구보다도 사람이 살아가는 데 기도가 중요한 것임을 잘 아셨기에 우리에게 기도하라고 말씀하신 것이다. 그러므로 삶의 무거운 짐을 해결하고 사는 길은 기도의 깊음에 들어가는 평안을 맛보는 신앙의 삶으로 이루어져야 한다.

그리스도인이라면 기도의 필요성을 인식하지 않은 사람은 없을 것이다. 기도를 통해 경험한 기쁨, 자유, 평안, 안식, 해방감, 담대함, 여유로움, 다스림, 믿음, 지혜, 이루 말할 수 없는 것들을 기도를 통해 우리는 경험하면서 살아가고 있다.

기도를 통해 하나님은 우리 삶의 문제를 풀어 가고 계신 것이고 기도를 통해 하나님의 자녀다운 삶으로 하나님과의 친밀감에 이르게 하기도 한다. 그러므로 기도는 기도의 응답 자체에도 축복이지만 더 나아가 그 기도에 응답하시는 하나님이 어떤 분이신가를 더 깊이 알아가는 하나님과의 관계에서도 더욱 신뢰와 믿음으로 다져지는 중요한 계기를 만들기도 한다.

기도의 소중함은 우리가 살아가는데 새로운 변화를 나타낼 수 있도록 회복시키는 것을 외면할 수 없다. 삶의 무거운 짐, 고통, 염려, 불안, 근심, 수많은 문제들, 현실에서 벗어나지 못하고 있는 죄악의 요소들, 길들여진 그릇된 삶, 옳고 그름을 분별치 못하는 메여 있는 생활, 아무런 경험 없이 살아가는 무미건조한 신앙생활, 자신 내면에서 스스로 갈등하고, 괴로워하는 문제들, 어느 정도 시간이 흐르면 아예 길들여지고 습관화된 의식 속에서 자신의 힘으로 헤어나지 못하고 있는 문제들, 기도해야 될 문제 등, 종류를 어찌 다 말할 수 있겠는가?

그래서 누구의 말처럼 마귀는 철저히 하나님의 자녀들을 사슬에 묶고 메이게 만드는 방법은 전혀 기도의 필요성을 인식하지 못하게 하는 것이고 더 나아가 기도의 갈등 속에서 허우적거리고 살게 만드는 것이 그리스도인을 향한 마귀의 공격이라는 것이다.

그렇지만 하나님은 지금도 자신이 당하고 있는 고통과 문제를 가지고 전심으로 나아와 하나님을 찾기를 원하시고 기다리고 계신다. 하나님은 문제와 기도 속에서 우리를 구체적으로 만나시고 우리의 하나님 되심을 알게 하신다. 기도는 문제응답과 더불어 내가 믿고 있는 하나님이 어떠한 분이신가를 기도를 통해 더 깊이 알기를 원하신다.

세상의 삶도 마찬가지다. 살아가면서 자주 만나고 관계를 맺다보면 그 사람을 보다 더 구체적으로 알아가게 된다. 시작과 끝이 다른 사람과는 다르게 하나님은 우리를 변함없이 대해 주시고 변함없이 동일한 사랑으로 만나 주신다. 사람과의 관계와는 달리 다른 모습이 있다면 알아 가면 갈수록 깊은 사랑의 깊이, 넓이, 길이, 높이가 더해 간다는 사실이다.

그러기에 응답할 책임을 지시고 하나님은 우리에게 무엇보다도 자신 있게 구하라고 말씀하고 계신 것이다. 우리는 하나님을 믿고 담대하게 약속을 믿고 하나님께 구해야 한다. 구하는 것은 믿음의 차이에 따라 다를 수도 있겠지만 중요한 것은 기도를 통해 하나님을 알고 믿음도 자란다는 것이다. 기도의 경험은 우리에게 큰 능력이고 실력이다. 세상을 살아가는 실력, 문제를 이겨 내는 실력인 것이다. 기도의 진정한 힘은 자신의 고통과 비례한다는 것이다. 아픔이 클수록 신음소리도 크다. 그래서 하나님은 고통 속에서 우리의 소리를 듣고 계신지 모르겠다. 그냥 엄살이 아니라 나의 고통의 신음소리를 들으신다는 것이다.

삶의 무거움이, 두려움이 고통이 아버지에게 들려지게 해야 한다. 살면서 해결 못 하는 문제가 한두 가지겠는가? 주저하지 말아야 한다. 망설이지도 말아야 한다. 누구를 찾기 이전에 아버지를 찾아야 한다. 그분은 기도의 현장에 기다리고 계신다.

내 삶의 억울함을 풀어주는 일도, 원수를 갚아주는 일도, 하나님 그분은 해결해 주신다.

무거운 짐 지고, 무거운 마음 안고, 무거운 관계 속에서, 무거운 생각 하면서 사는 것이 인생이 아니다. 하나님을 믿는 것은 이런 문제를 하나님 앞에 가지고 나아가 해결받고 그 하나님은 깊은 사랑을 깨닫고 하나님을 향한 자신의 삶을 회복시켜 가는 것이다.

그러므로 기도는 기도하는 자만이 경험할 수 있는 시크릿(비밀)이다. 기도를 통해 하늘의 비밀을, 삶의 비밀을, 생활의 비밀을, 관계의 비밀을, 문제의 비밀을, 풀어가는 지혜를 하나님께서 주신다. 그렇다면 이대로 있을 수는 없는 것이다. 지체해서도 안 된다. 하나님을 찾고 그분을 구하고 그 얼굴을 바라보고 그분의 눈동자와 마주쳐 봐야 한다. 우리가 감히 볼 수는 없지만 그분의 눈동자와 마주쳐야 한다.

우리는 문제를 가지고 나아갈지라도 하나님은 그 문제 속에서 우리에게 하나님의 사랑을 깨닫고 느끼기를 원하시는 것이다. 그러기에 하나님은 문제를 통해 우리를 만나시고 계신 것이다. 그리고 우리에게 당신의 그 깊은 사랑을 깨닫고 느끼도록 해 주신다.

대부분의 그리스도인들이 한결같이 고백하는 간증이 그렇지 않는가? 정말 내가 힘들 때에 그분을 깊이 알게 되었고 하나님을 만나게 되었고 그 사랑을 느끼게 되었다고 그렇다면 우리가 주저할 필요가 없는 것이다. 우리의 생각을 바꾸어야 한다.

문제를 통해 문제의 고통 속에 빠지게 하려는 하나님이 아니시라 문제가 계속 되풀이되는 나 자신이 모르고 있는 나를 올바르게 알게 하심이 있을 것이고 그 속에서 또한 하나님은 우리에게 하나님과의 관계를 회복시키시며 사랑의 관계로 다져 나가길 원하실 것이다. 기도의 비밀은 하나님의 비밀이다.

그리스도인의 축복이 기도의 축복인 것이다.

이 축복이 나의 축복이 될 수 있도록 기도의 역사를 체험하는 신앙으로 문제의 보따리를 안고 아버지를 향해 달려나갈 수 있는 자신 있는 그리스도인이 되자.

내가 지금 안고 있는 보따리?

무슨 보따리입니까?

그분을 찾아가는 첫걸음을 내딛자….

나를 기다리고 계신 그분을 향하여………………

진정한 관계는 정직함이다 (시편 26:1-12)

혼자 살아갈 수 없는 것이 사람이다. 무엇보다도 자신을 중심으로 하여 자연과의 관계, 사람과의 관계, 하나님과의 관계는 더더욱 중요하다. 그러므로 이러한 관계는 그 사람 인생의 행불행을 좌우한다. 더구나 중요한 것은 그 관계를 어떠한 관계로 맺고 살아가고 있느냐는 것을 두말할 필요도 없을 것이다. 그러나 우리는 각자의 목표를 위해 달려가는 삶이 익숙해 있기에 목표를 달려가다 보면 관계를 소홀히 여길 때가 많을 수 있다.

사실은 목표를 이루기 위해서도 관계는 더 중요한데, 물론 목표를 이루기 위한 관계보다 관계를 해 나가면서 목표를 이루는 것이 행복한 인생일 것이다.

신앙생활은 우리에게 이러한 바를 시사해 주고 있다. 관계를 바르게 해 나갈 때 우리의 목표는 더 구체적이고 사실적인 것으로 현실에 나타날 수 있는 것이다.

다윗은 이러한 자신의 모습을 하나님 앞에 그대로 직고하고 있는 모습을 오늘 본문을 통해서 우리에게 보여 주고 있다. 우리의 삶을 돌이켜 볼 때 우리는 관계를 온전히 이루기 위해 어떤 사실적인 고백을 하고 살아가는가를 돌아보게 한다.

관계에서의 중요성은 정직성임을 표현하고 있다

관계에서 가장 아픔을 많이 겪는 것은 아마 불신과 배신일 것이다. 온전한 관계를 이루어 가는 데는 무엇보다 상대를 향한 정직한 고백이 중요하다. 사람이기에 좋은 관계를 위해 최선을 다 한다 할지라도 인간적인 연약함이 나타날 수밖에 없는 것이 우리들의 모습이다. 이러한 우리의 모습일지라도 그 연약함마저 고백할 수 있는 것이 진정한 관계를 해 가고자 하는 태도일 것이다.

사람이 잘하는 것이 본성에서부터 시작되는 가식이 아닌가 싶다. 그래서 우리의 마음바탕에 겉 다르고 속 다르다는 말이 있는 것 같다. 이런 마음으로 시작되는 것은 자기중심적 사고 때문일 것이고 그 밑바닥에는 본능적인 욕심이 자리하고 있기 때문일 것이다. 신앙을 가진 자라 할지라도 예외일 수는 없을 것이다.

다윗의 고백은 어떤 자신의 영적 상태이기에 우리에게 이런 고백을 하고 있는가?
첫째는 하나님을 향하여 자신이 살아가고 있는 태도와 **온전치 못한**

자신의 모습을 정직하게 고백이다.

　최근에 와서 참 많이 하는 말이 생겼다. 우리는 너무 자신을 모르고 하나님을 대하고 있다는 사실이다. 그래서 네 입장에서 네 기준에서 뭐든지 하고 산다. 그것이 무례히 행하는 일인지, 아니면 어떻게 하는 것이 옳은 것인지에 대한 개념도 없이 그냥 습관화된 의식으로 살고 있다는 것이다. 신앙도 이러한 모습으로 나타난다면 하나의 종교생활일 뿐일 것이다.

　그리스도인이기에 하나님을 향해 살아가려는 의식은 그래도 우리들에게는 생겨난 것이다. 하나님을 점진적으로 알아가면서 우리가 고백할 수 있는 것이 있다면 우리 자신의 연약함을 이전에 알던 모습과 또 다른 모습으로 자신을 보면서 하나님 앞에 정직하게 고백하지 않을 수 없다는 것이다.

　다윗은 하나님과의 이런 구체적인 관계를 이루어가면서 자신의 연약함을 있는 그대로 표현하고 있을 뿐만 아니라 그 연약함 자체를 하나님 앞에 세워달라고 호소하고 있다. 이러한 고백이 하나님을 향해 고백될 수 있는 것이 신앙인이다.

　최근에 소개된 책 중에서 읽은 내용 중에 이런 글귀를 보았다.
　"딸은 압구정에서 자신의 사치를 뽐내고 엄마는 교회에서 자신의 허영을 나타내고 있다."는 글귀를 읽은 것이 생각난다. 현대 교회를 풍자

한 모습이 아닌가 싶다.

　이러한 모습들이 우리 주변에서 나타나고 있는 것은 진정한 관계성의 문제에서 나타나는 것이 아닌가 생각된다. 진정한 관계성은 삶을 통해서 나타나고 느껴지고 행동하게 된다. 오늘 우리의 모습 속에 나타난 관계성을 이루는데 장애가 되는 모습은 무엇이 있는가?

　항상 좋은 모습으로만 다가가는 것이 아닐 때도 있을 것이다.
　항상 참는 모습으로만 지낸다고 모든 문제가 해결되는 것은 아닐 것이다. 정직한 표현 없는 곳에 오해도 생기고 갈등도 생기며 아픔도 생긴다. 정직함을 표현한다 하여 무례히 행하는 곳에도 관계의 불편함은 생길 것이다.

　정직한 관계성을 이루기 위한 삶이 무엇인지 우리 자신을 돌아보면서 사람과의 관계이든, 부부사이의 관계이든, 하나님과의 관계이든, 특히 자기 자신과의 관계에서도 우리는 더 나은 행복의 관계를 추구하기 위해서 정직성으로 표현해야 될 것이다. 자신에게, 이웃에게, 하나님에게, 더 나은 회복으로 가는 길이 아닌가 싶다.

하나님을 기대하는 고백과 결단

신앙은 하나의 관념적인 생각으로 끝나는 것이 아니고 형식이나 의식에만 치우치는 것이 아니다. 신앙 그 자체는 우리의 삶이고 현실이다. 신앙은 생활로 삶으로 나타나는 것이 당연한 것이다. 삶과 신앙이 분리되고 있음은 신앙과 삶을 일치시켜 가는 과정이든지 아니면 신앙과 삶을 분리한 자신의 어떤 목적을 우선으로 두고 행하든지 자신의 마음이 고착화되어 버린 문제이든지 다양한 방법으로 나타나고 있을 것이다.

상담을 통한 직접적인 치유의 과정을 경험하면서 반복적으로 느끼는 것이지만 실제로 사람들에게 나타나는 삶의 문제를 안고 찾아오지만 내면을 깊이 들여다보면 우선 당한 문제에 급급한 나머지 그 문제만 해결하고 싶은 욕구에 의해 조급한 마음과 더불어 현실과 문제만 극복하고 피하고 싶은 마음으로 가득 차 있음을 발견하게 된다. 이러한 바탕 안에서 이루어지는 모든 것들은 실제적인 해결의 실마리에 도움이 되지 않는다는 사실이다. 문제가 현실에 나타나기까지의 삶의 문제를 살펴보면서 어떻게 해야 이 문제를 또다시 겪지 않아야 하는지를 돌이켜 보아야 함에도 불구하고 현실만, 문제만 피하고 싶은 것이 우리의 모습이다.

또한 이러한 일들은 신앙생활을 오랫동안 한 사람이나 지금 막 시작하는 사람이나 별반 다를 것이 없다는 것이다. 이런 생활이 지속적으로 반복되고 고착화되어 간다면 과연 신앙은 우리에게 어떤 영향을 미치고 있느냐? 하는 딜레마에 빠지게 된다. 하나님은 문제를 통해 우리의 감추어진 내면의 어두움을 드러내시길 원하셔서 우리에게 우리가 알지 못하고 살아가고 있는 문제를 통해 자신의 내면의 문제를 발견하고 해결하라고 주시는 것이다. 다시 말해 문제의 근본을 풀어야만 건강하고 행복한 삶을 살 수 있다는 것이다. 그러나 우리는 문제 속에서 하나님의 의도하심을 찾기보다는 우리의 관점에서 지금 겪는 이 고통, 이 문제에서 빨리 벗어나고 싶다는 것이다. 문제의 소용돌이 속에서 근원적인 뿌리는 해결되지 못한 채 살아간다면 오랜 신앙생활과 상관없이 이런 문제들은 지속적으로 반복될 수밖에 없다는 것이다.

이런 관점에서 오늘 시편 기자가 고백하는 삶에서 겪은 자신의 실제적인 고백의 표현법을 깊이 묵상해 볼 필요가 있다.

하나님 안에서의 삶이 참됨을 분명히 확신하는 고백

우리의 신앙은 필요에 의한 신앙이 아니라 변화를 위한 근본적인 회복으로서의 돌이킴을 인식하지 않는다면 시간이 흐를수록 종교적인 변질로 좇아갈 수밖에 없다. 하나님을 섬기면서 어떠한 행위의 수고와 봉사와 헌신을 한다 할지라도 단 한 번의 자신의 십자가를 지는 길은 유일하게 자신의 모든 것 내려놓고 하나님의 뜻을 좇겠다는 고백이다. 내 마음에서 고백되는 하나님의 뜻을 좇아 살겠다는 자신의 분명한 신앙 고백이 사실이어야 한다는 것이다. 이것은 진리가 자신의 삶에 심어준 확신 속에 나오는 말이다. 그 어떤 것도 아닌 하나님 안에서의 내 삶을 세우지 않으면 안 된다는 확신 있는 고백이다.

바울 사도도 이런 자신의 십자가를 지는 고백을 분명히 했다.

"그러나 무엇이든지 내게 유익하던 것을 내가 그리스도를 위하여 다 해로 여길뿐더러 또한 모든 것을 해로 여김은 내 주 그리스도 예수를 아는 지식이 가장 고상함을 인함이라 내가 그를 위하여 모든 것을 잃어 버리고 배설물로 여김은 그리스도를 얻고 그 안에서 발견되려 함이니 내가 가진 의는 율법에서 난 것이 아니요 오직 그리스도를 믿음으로 말미암은 것이니 곧 믿음으로 하나님께로서 난 의라"(빌 3:7-9)

우리는 필요에 의해서 주님을 믿는 것이 아니다. 우리의 온전한 삶의 고백, 돌이킴이 분명히 있어야 한다. 이것이 사실이다. 돌이킴이 없는 것은 또 다른 계획과 생각을 바탕에 두고 있다는 것이다. 또 다른 계획과 생각의 지배를 가지고 있게 되면 그 누구도 아닌 자기 자신이 주님께 올인하게 하는 장애물이 되고 있다는 것이다.

이런 상황에서는 온전한 돌이킴, 올인이 되지 않는다는 것이다.
시편 기자의 고백을 다시 한번 생각해 보자. 무엇이라 표현하고 있는가?

내가 인자와 공의를 찬송하겠나이다……….

다시 말해 인자와 공의를 왜 찬송할 만한지 그 의미와 가치와 축복을 발견했다는 것이다.

이것이 내 삶을 회복시키는 길이며, 내 인생을 살리는 길이며 이것 없이는 내 인생 아무것도 아니라는 것이라는 분명한 확신의 고백이 담겨 있다.

이러한 표현의 밑바탕에는 이제는 내가 보았고 깨달았고, 찾았으니 이것을 붙잡고 내 인생을 세워 가겠다는 고백이고 표현이다. 더 나아가 어떤 장애물도 극복하고 어떤 어려움도 감수하고 분명히 이것을 좇겠다는 고백일 것이다. 왜냐면 이것을 놓치면 안 된다는 것이다. 다른 어떤 것이 없다는 말이다. 이 길이 나의 전부임을 표현하는 말이다. 이런 진정한 내면의 고백은 자신만이 하나님께 바칠 수 있는 마음이다. 이 마음이 고백되길 하나님은 기다리신다. 이런 고백이 드려진 마음바탕에 나타나는 그다음 현상이 죄에 대한 고백이다.

죄에 대한 분명한 자신의 태도와 버릴려는 의식

이전까지는 죄와 벗 삼아 살아온 우리의 삶이었는데 이제는 그 죄를 누구보다도 자신 안에서 버리겠다는 결단과 선포인 것이다.

이제는 우리 안에서 그 어떤 다른 것보다 내 삶을 허무는 죄의 세력에 대한 단호한 태도를 취하는 것이 중요하다. 그러기 위해 자신의 내면을 살피는 것은 가장 중요한 능력 중의 능력이 아닌가 싶다. 능력은 다른 데서 나타나는 것이 아니라 내 안에 있는 죄의 세력이 발견되는 것이 능력이고 또한 그 죄의 세력이 나의 고백으로 말미암아 무너지는 것을 경험하는 것이 그리스도인의 진정한 능력일 것이다.

내가 알지 못하는 문제들이 얼마나 우리 안에 자리 잡고 있는지를 인식하고 있는 사람은 별로 많지 않은 것 같다. 자신 안에 문제가 얼마나 심각한지를 올바르게 안다면 그 어떤 다른 능력은 구하지 않아도 될 것이다. 죄의 세력을 멸하는 것보다 더한 큰 능력이 무엇이겠는가?

우리는 지금까지 쉽게 죄의 대하여 방관자적인 삶을 살아가는 것은 아닌지 돌아볼 필요가 있다. 뿐만 아니라 모든 사람이 죄 가운데 거하는 것을 보면 실상은 죄가 무엇인지를 인식조차 하지 않고 살고 있다는 것이다. 또 다른 측면에서는 죄를 너무 가볍게 여긴다든지, 아니면 아예 죄를 거부하지 않고 살고 있지나 않은지 스스로를 살펴봐야 할 것이다.

하나님 안에 올인하는 삶이란 또 다른 측면에서는 죄에 대한 바른 태도를 가지는 것을 말한다. 우리의 분명한 인격적인 의식이 선포되어야만 한다. 사탄은 언제든지 우리 앞에 덫을 놓고 있다. 그리고 우리의 시선이 마음이 끌리도록 미혹하고 있다는 사실이다. 이런 현상 앞에 우리의 영적 분별력과 의지력은 대단히 중요하다.

꾸준히 하나님과의 관계에서 나의 영적 상태를 살피며 영적 충전을 회복시켜야 할 필요성이 있다. 분별력과 힘이 없으면 당하고 만다. 하나님과의 지속적인 교제는 힘을 공급받는 것이다. 힘이 있어야 물리치든지 방어하든지 역할을 할 수 있는 것이다.

모든 사람들이 아침이면 핸드폰 충전하는 일에 신경을 곤두세우고 하루를 시작하는 것이 거의 일상화되어 있다. 이처럼 충전은 에너지를 주기 때문이다. 그래야만 모든 일을 잘 진행할 수 있기 때문이다. 간혹 베터리에 눈금이 하나 남든지 눈금이 생기지 않으면 불안해하고 안절부절못하는 사람도 있다. 왜냐하면 에너지가 떨어졌다는 것이다.

그러나 하나님의 말씀의 에너지는 이미 창조 때부터 우리에게 주어졌다.
왜 우리는 영적 에너지 고갈에 그렇게 민감하게 반응하지 않을까?
에너지 떨어지면 불안해해야 하는데도 감각이 없이 지내는 것 같다. 왜일까?

죄를 버리는 것보다 중요한 것이 에너지 충전이다. 충전하다보면 죄의 세력들은 밀려가게 되어 있다는 것이다.

흔들리지 말고 자신을 낮추라 (시편 41:1-13)

하나님의 사역은 사람이 원하는 것처럼 계획 가운데 뜻대로 쉽게 이루어지는 것은 아니다. 이러한 사명을 감당하는 사역을 이룰 수 있는 공동체가 되기 위해서는 사람과의 관계도 중요하지만 그러한 뜻을 감당하고 이룰 수 있는 영적 분별력이 있어야 하며 분별력은 다른 것이 아니라 사탄의 공격에 말려들지 않고 자신의 마음을 다스려 지켜 가는 것이다.

사람이 항상 선한 일을 행하다가 낙심이 온다. 본인의 기대만큼 이루어지지 않고 채워지지 않기 때문이다. 이런 문제 때문에 우리는 너무 쉽게 좌절하고 낙심하며 살아가고 있다. 그러나 좀 더 눈을 들어 돌이켜 보면 선한 일에는 특히 주의 일을 하는 곳에는 항상 사단의 공격 속에 갈등과 낙심과 절망감이 따라온다. 우리는 이러한 상태에서 진정한 분별력을 가지고 이겨내고 물리치는 하나님의 위로 속에 거하여야 한다.

다윗도 오늘 본문에서 우리에게 이러한 바를 교훈해 주고 있다. 항상 주님의 뜻을 좇아가는 곳에 원하는 대로 쉽게 순탄대로로 가는 것만은 아니다. 수많은 갈등, 고통, 위협, 핍박, 괴로움 속에서도 자신 스스로 그냥 있으면 흔들리기 때문에 끊임없이 하나님을 향하여 자신의 마음을 토하고 그 속에서 하나님의 위로를 느끼며 새로운 힘을 공급받고 승리의 삶을 사는 모습을 보여 주고 있다. 그러나 우리는 이러한 교훈을 받고도 쉽게 포기해 버리든지, 아니면 그 고통 속에 벗어나지 못하고 괴로워하다가 결국은 피하는 쪽으로 삶을 정리해 버린다.

다시 한번 생각해야 될 영역이 있다. 신앙은 삶을 통해 익어가고 만들어져 간다. 단순한 교회생활, 예배의식, 봉사활동만은 아니다. 우리의 삶의 과정에서 일어나는 수많은 사건, 문제들을 거쳐 가면서 신앙은 성장되는 것이다. 지금 한창 공기의 기운과 뜨거운 햇볕과 비바람 맞으면서, 그것도 매일 매일 끊임없이 반복되는 과정 속에서 과일들은 그 과정을 거쳐 가면서 열매를 만들어 가고 있는 것이다. 우리 사람보다 작게 보이는 과일도 그런 과정을 거쳐 만들어지고 다져져서 열매를 맺는 자신을 만들어 내듯이 뜨거운 햇볕이 싫어서, 차가운 바람이 싫어서, 반복되는 것이 지루해서 쉽게 포기해 버린다면 열매를 맺지 못할 것이다.

우리 사람도 이와 같은 과정을 거치면서 만들어져 가고 열매 맺어 가는 것이다. 그러므로 우리는 생활 속에서 일어나는 문제들이나 신앙생활에 일어나는 갈등이나 고민들을 통해 자신을 더욱더 아름다운 모습으로 회복시켜가는 자신을 사랑하는 삶을 선택해야 할 것이다.

선한 일을 하다가도 기대만큼 이루어지진 않는다고 생각될 때 이런 공격이 온다.

올바른 일을 하는 사람이나 앞서서 일하는 사람에게는 공격하는 영향이 크다는 것도 알아야 한다. 그리고 열심히 일 하고도 좋은 소리 쉽게 해 주는 사람이 많지 않다. 우리는 앞서서 일하는 사람을 생각해서라도 가정이나 교회나 직장에서든 어떠한 공동체에서라도 해야 될 일이 있다는 것을 기억해야 한다.

첫째, 앞서서 일하는 자들에게 최대한의 협력자가 되는 것이다.
둘째, 앞서서 일하는 자들에게는 항상 격려와 칭찬과 지지가 필요하다는 사실이다.

중요한 일일수록 더 그렇다. 중요한 일이 이루어지기 위해서는 더 많은 사람들의 깨어 있음과 마음을 같이 협력하는 일과 서로의 격려가 그 일을 더 값지게 이룰 수 있기 때문이다. 그러나 이런 과정 속에 꼭 끼어드는 것이 사탄의 공격이다. 사탄은 항상 이런 점을 눈을 부릅뜨고 노리고 있다. 약한 자, 편치 못한 자, 마음에 갈등하는 자를 노리고 있다. 힘써 일하다가도 알아주지 않는 섭섭함, 해도 해도 변화 없는 생활의 권태함과 답답함 그리고 기대했던 만큼의 일들이 일어나지 않을 때 사람들은 더 쉽게 절망하고 좌절한다.

이때가 중요한 때이다. 이런 때 우리가 가져야 할 감정은 무엇일까.

우리를 사용해 주심에 감사해야 하고 내가 이 일에 동역할 수 있게 하심에 감사하고 당장 어떤 결과와 열매가 보이지 않을지라도 그 속에서 하나님의 일하심이 계속되고 있음을 감사하고 언젠가는 열매로 나타날 것을 감사하며 이 모든 일을 하게 하신 이도 하나님의 은혜라고 감사하는 마음을 놓쳐 버려서는 안 된다는 것이다.

언젠가 말씀드린 것이 생각난다.

사단의 공격이 올 때는 항상 자신을 낮추라는 것이다.

조금이라도 자신을 높이고 드러내면 사탄은 끊임없이 겨누고 있던 화살을 날릴 것이다. 이것이 우리가 가장 경계해야 될 영역이다. 이럴 때일수록 흔들리지 말고 하나님의 위로와 도우심을 기대하며 찬양하라는 것이다. 사람의 마음은 좋지 못한 영향을 받을 때 쉽게 오염된다. 그대로 두어서는 안 된다는 것이다. 본성의 그 마음을 고백하는 것은 우리에게 건강으로나 영적으로나 관계적으로 너무도 중요한 일이다. 사실 기도는 이런 것이 되어야 한다.

많은 분들이 오랜 신앙생활 속에서도 이런 기도의 비밀을 알지 못하고 산다.

항상 마음에는 갈등과 증오와 불신과 원망의 마음이 자리 잡지 못하도록 처리해야 한다. 이런 마음을 기도를 통해 주님 앞에 고백하고 털어놓은 것은 우리에게 너무도 소중한 시간이다.

만약 이런 감정들을 처리하지 않고 산다면, 계속되는 혼란과 불편함 속에서 자기 자신이 편하지 못할 것이다. 이런 감정들은 또다시 상대방에게 영향을 행사하게 된다. 오히려 이런 불편한 마음들을 떨쳐 버리고 진지하게 속마음을 하나님 앞에 털어놓고 하나님의 도우심을 구하고 그 속에서 위로와 용기를 얻어야 한다. 이것이 신앙의 힘이다. 사람은 누구나 자신의 처한 바를 사실대로 고백하고 나눌 수 있는 것이 가장 진지하고 가까운 관계로 갈 수 있는 시간들이다. 이런 대화가 자연스럽게 한 번만 쉽게 이루어지면 평소에도 서먹서먹했던 관계일지라도 그 일로 인해 더 깊은 친밀함을 가지게 된다.

하나님 앞에서도 동일하게 적용해야 될 부분이다.

그래서 우리의 기도는 하나님 앞에 자신의 고백을 있는 그대로 표현하는 것이 중요하다. 그래야만 그 기도가 정말 마음 중심의 기도가 될 것이고 자신도 그런 기도를 드려야만 심령에도 평안이 임할 것이다. 하나님은 우리에게 지금도 관계를 기대하고 계시고 관계를 회복하시기 위해 우리의 삶에 문제들을 통해 하나님을 알아가고 자신을 찾아가기를 원하시는 것이다.

지금 내가 하나님 앞에 고백해야 될 부분이 무엇인지 정리해 보자.
그리고 내가 하나님 앞에 무엇을 말하고 싶은지, 자신의 내면을 들여다보자.
무슨 고민, 갈등, 위험, 괴로움, 속상함, 아픔, 느끼는 바를 그대로 말할 수 있는 자기의 표현을 하나님은 오히려 구체적으로 해 주길 원하시고 계실 것이다.

    왜냐하면 하나님이시기 이전에
    나의…….
    우리의……….
    아버지이시기 때문에……….

주의 기업을 성취하는 자

하나님의 부르심은 우리를 향한 축복이다.

축복의 반열에 서기 위해 눈이 열리고 귀가 열려 삶으로 이어지는 축복이다.

머뭇거리는 것이 아니다. 신앙의 초보에 머물러서는 자신뿐만 아니라 타인에게도 축복의 기업의 영향을 줄 수 없다.

안주하는 신앙은 타락으로 갈 수밖에 없다

새로운 삶을 향한 성장과 변화는 그리스도인의 축복이다.

믿음에 합당한 성장을 향한 몸부림과 변화의 축복을 누려야 한다.

죽은 행실을 버리는 것에서 머물 것이 아니라 하나님을 향한 새로운 도전과 적극적인 믿음의 삶을 향해 지속적으로 전진해야 한다.

마음에 생명이 역사하도록 하라

받아들이는 좋은 마음밭이 중요하다.

마음밭이 공격을 당하지 않도록 하라. 사탄의 공격 목표는 우리의 마음밭이다.

주의 말씀은 우리에게 새로운 힘과 믿음으로 이끌어 준다.

이것이 축복의 통로가 되게 하여야 한다.

공동체 생활에서는 더욱 중요하다. 마음의 상처는 끊임없이 신앙성장의 방해요소로 작용하고 있다. 개인의 고통과 불행은 공동체의 영향으로 나타난다. 자신을 발견하고 성장시켜가는 믿음은 공동체와 더불어 하나님 나라의 발전이다.

약속을 이루시는 변함없으신 하나님을 기대하라

하나님의 약속은 변함이 없다. 하나님은 지금도 시공간을 초월하여 순종하며 믿음의 길을 걸어갈 때 축복과 기쁨을 주신다.

약속을 바라보며 인내하며 믿음의 경주자의 길을 달려가는 자에게 하나님은 그 약속을 성취시켜 가신다. 지금도 하나님은 자신의 약속의 안식에 들어와 믿음의 길을 걷는 자에게 함께하신다.

4부

축복의
통로로
사는 비전

고난이 보배되어 (야고보서 1:2-3)

똑같이 물에 빠져도 수영을 배워 가지고 나오는 사람이 있는가 하면 물만 실컷 먹고 나오는 사람도 있다. 우리가 이 세상을 살면서 여러 가지 어려움을 당하지 않을 수가 없다. 그런데 어려움을 당하면서 사람들은 두 종류로 나누어진다.

어떤 사람은 원망과 불평만 잔뜩 하다가 성격이 더 나빠지는 사람이 있는가 하면 어떤 사람은 어려움을 통하여 더 많이 하나님의 사랑을 체험하고 더 큰 믿음을 가지게 되는 사람도 있다.

야고보 사도는 여러 교회의 소식을 듣는 가운데 참으로 그들이 많은 어려움을 당하고 있다는 것을 알게 되었다. 그런데 야고보 사도는 그런 어려움을 대하는 교인들의 태도에 문제가 있다는 것을 알게 되었다. 그들은 어려움이 왔을 때 안절부절못하며 어쩔 줄 몰라 하고 그것을 자신의 믿음이 자라는 기회로 삼지 못하고 있는 것이다.

그래서 그가 급히 편지를 보내게 되었는데 그 편지가 바로 야고보서이다. 야고보서에서 사도 야고보가 교인들에게 주는 메시지가 고난은 우리의 믿음을 사용할 수 있는 기회이며 절대로 낙심하지 말라는 것이다. 그리고 기도하면 무엇이든지 응답받을 수 있기 때문에 더욱 담대하게 하나님께 기도하라는 권면을 하고 있다.

오늘 성경은 우리에게 중요한 사실을 말씀하고 있다.

믿는 사람들도 여러 가지 어려움 당할 수 있다는 것이다

"내 형제들아 너희가 여러 가지 시험을 만나거든"이라고 말씀하고 있다. 성경은 우리 믿는 사람들에게 일어나는 좋지 못한 모든 일들을 총칭해서 '시험'이라고 말하고 있다. 다시 말해서 우리는 온실 안에 있는 화초가 아니다. 우리들에게는 여러 가지 종류의 어려움이 생길 수 있다. 그러나 그 어떤 어려움도 하나님의 심판이 아니다. 그래서 우리는 그 어려움들로 인하여 절대로 멸망하지 않을 것이다. 과정이나 기간은 모르지만 우리는 반드시 승리할 것이다.

이런 시험들을 싫어하거나 피하려고만 하지 말고 온전히 기쁘게 여기라고 말씀하고 있다. 사실 어려움이 생겼을 때 온전히 기뻐할 수 있는 사람은 없을 것이다. 그러나 왜 이런 어려움이 왔는지 생각해 보면 기쁨이 생길 것이다. 왜냐하면 아직 우리 안에는 포기하지 못한 죄가 있고 정리되지 못한 욕망이 있다. 머리로는 버려야지 하면서도 막상 행동으로 옮겨지지 않고 있을 때 하나님께서 어려움을 주신다. 그때 무엇이 감사한가? 나를 영구적으로 죄에 방치하지 아니하시고 깨닫게 하시고 건지시는 하나님으로 인하여 감사하게 되는 것이다.

어떤 분이 외국에서 자녀를 공부시키시더니 하시는 말씀이 외국 선생님과 우리나라 선생님은 시험 문제를 만드는 생각이 다르다는 것이다. 외국 선생님은 아이들로 하여금 답을 맞히도록 하기 위해서 문제를 내는데 우리나라 선생님들은 할 수 있는 대로 아이들을 틀리게 하기 위해서 문제를 낸다는 것이다. 하나님께서 우리에게 어려움을 허락하실 때에는 실패하도록 하기 위하여 함정을 만들거나 떨어트리게 하기 위하여 어려움을 주시지 않는다.

하나님이 주신 어려움에는 그 어려움 안에 답이 있다. 잘 참고 견디기만 하면 누구든지 어려움을 이길 수 있고 믿음으로 승리할 수 있다. 그리스도인들에게 어려움이 왔을 때 끝까지 잘 참는 것이 중요하다.

마치 젊은이들이 처음 신병 훈련소에 들어가면 참을성이 없고 모든 것을 제멋대로 하려고 하지만 강도 높은 훈련을 한두 달 정도 받고 나면 어떤 어려운 작전도 다 참아내는 멋진 군인이 되는 것과 같다. 야고보 사도는 어려움을 당한 교인들에게 '인내를 온전히 이루라'고 권면을 하고 있다. 이 말의 뜻은 어려움을 잘 참으라는 뜻이다. 하나님의 때가 있으니까 하나님께서 어려움에서 건지실 때까지 참고 기다려야 한다. 그래서 어려운 시련이 왔을 때 일단 하나님께 자기 자신을 맡겨야 한다. 그 어려움에서 어떻게 해서든지 빠져나오려고 하지 말고 어려움을 통해서 내가 충분히 변화될 수 있도록 잘 적응하는 것이 필요하다. 그것이 인내를 이루는 것이다.

어려움이 오기 전에 우리의 모습은 전혀 훈련되어 있지 않은 젊은이들과 같다. 웃고 떠들고 자기 뜻대로 되지 않으면 원망하고 불평을 한다. 하나님 나라에서 중요한 것은 모두 오래 참지 않으면 얻을 수가 없다. 인내를 이루지 못한 사람은 일시적으로는 열심을 내어 주를 섬기는 것 같지만 오래 견디지 못하고 포기해 버린다. 그러나 하나님은 시간이 가면 갈수록 더 귀한 그릇으로 만들어 가면서 사용하신다.

그분은 우리를 가장 보배로운 작품으로 빚으시는 토기장이시다.

영적 깊음의 예배 (열왕기하 13장을 묵상하면서…)

사람이 살면서 고민하는 문제가 자기 자신일 것이다. 자기 자신에 대한 올바른 인식이 중요하다. 쉽게 간과할 문제가 아니다. 그렇지만 너무 쉽게 안일하게 넘겨버리고 살아가는 모습 그대로 반복하면서 우리는 되풀이되는 삶을 계속하고 있지나 않는지 되돌아볼 필요가 있다.

자신의 문제이기에 분명 자신은 알고 있을 것이다. 그런데도 편하게 가고 싶어서일까? 아니면 되풀이 되는 삶속에서의 고통을 깊이 있게 못 느껴서일까? 흔히들 쉽게 말하는 것처럼 정말 고통스러움에 어찌할 수 없음에 이르지 않아서일까? 자신의 삶속에 되풀이되는 과정에서 발생하는 고통의 문제, 괴로움의 문제, 힘듦을 느끼면서 신음하며 그 길을 계속 가고 있음이 더 아픔일 것이다.

마치 어떤 중독자들이 자신이 붙들려 있는 그 중독에서 헤어나지 못하고 되풀이되는 갈등을 계속 느낀다든지 그 중독과 적당히 타협을 하면서 산다든지, 중독이 주는 고통과 불행을 전혀 인식하지 못하고 중독을 마치 슬기면서 사는 것처럼 생활한다면 그 사람의 위치에 따라 주위 사람들이 많은 아픔을 겪을 것이다.

습관적 중독, 무인식의 중독은 더 불행한 것이 아닐까? 어떤 중독은 드러나기에 남에게 낙인이 찍히지만 멀쩡한 삶에서 되풀이 되는 습관 중독, 무인식의 중독 의식에 길들여진 중독은 불행의 늪을 향해 마치 걸어가는 인생 같을 것이다

인생의 하루하루는 그냥 사는 것이 아닐 것이다. 자신을 찾고 위치를 찾고 할일을 찾아서 그 찾음 속에서 보람과 행복과 결실을 맺는 것이다. 우리에게 주어진 날들은 그야말로 기적의 인생이다.

몸이 병들어, 어떤 이는 불행의 사고로 하고 싶어도 할 수 없는 일들이 건강한 우리의 삶 속에는 얼마든지 할 수 있는데 우리는 언젠가부터 습관화되어 버린 잘못된 의식 때문에 마냥 그렇게 살아가고 있다. 자신의 인생의 책임은 자신에게 주어져 있다. 선택과 결단을 통하여 자신의 삶을 회복시켜가고 성화시켜 가야 할 것이다. 이것이 살아 있음의 모습이고, 건강함의 본질이고, 삶의 본질이고 신앙의 본질이다. 이런 인식 없이 그냥 되는 대로 닥치는 대로 자신을 방치하면서 살아서는 안 되기에 무엇보다도 자신을 돌아보고 인식하는 삶의 사고가 중요한 것이다.

항상 우리는 자신을 정직하게 직면하면서 살아가야 한다. 이것이 자신에게 가장 중요한 삶이고 자신을 방치하지 않는 자기 자신에 대한 책임의 삶이다. 자신의 삶에 대한 선택과 결단을 올바르게 길들여 가야 올바른 삶을 찾아갈 수 있다. 어찌되겠지 하는 안일한 생각이 아니다. 시간이 흐른다고 해결되는 것도 아니다. 자기 자신에게 주어진 기회를

날려 버려서는 안 되는 것이다.

오늘 하루도 자신에 대한 삶의 본질을 찾는 것이 삶의 가장 소중함을 시작하는 것이다. 모든 것을 체념하고 문제의 본질도 파악하지 못하고 매일같이 되풀이되는 원망과 불평, 갈등 속에 문제의 모든 책임을 남에게 투사만 하고 산다면 이것은 불 보듯이 자신의 인생을 구렁텅이로 몰아가는 가장 비극적인 삶을 선택하고 있는 것이다.

하나님은 우리에게 항상 문제 속에서 만나 주신다. 되풀이되는 문제 속에서 자신을 살피길 원하신다. 왜 되풀이되고 있는지 정말 무엇이 문제여서 문제의 소용돌이 속에서 벗어나지 못하고 있는지 문제를 일으키는 근원적인 뿌리를 해결해야 그다음의 길을 갈 수 있기 때문이다.

문제 속에서 자신을 발견하고 문제의 뿌리를 찾을 때 분명 그다음에는 새로운 회복과 변화의 역사들이 나타날 뿐만 아니라 새로운 축복의 길도 함께 열려 간다.
그러나 대부분의 길들여진, 습관화된 우리의 그릇된 의식은 문제 속에서 그 근원적인 회복을 위해 구체적으로 나아가지 않는다는 것이 아쉬움을 더할 뿐이다.

하나님은 문제만을 가지고 우리에게 다가오지 않는다. 문제 속에서 우리가 보지 못하고 깨닫지 못하는 근원적인 부분을 우리가 인식하고 깨닫고 근원적인 부분에 반응하기를 원하신다는 것이다. 우리의 삶은 대부분 근원적인 뿌리를 해결하기보다는 현실에 일어난 문제 자체에 대한 부담과 고통 때문에 문제 자체만을 해결하고 풀어 가길 원할 뿐이지 깊음을 찾아가지 않는다는 것이 대부분의 삶이다.

되풀이되는 문제 속에는 근원적인 뿌리의 원인을 인식하길 하나님은 원하시고 문제를 인식하고 뿌리를 제대로 가져 나오길 원하신다. 이것은 하나님과 사람과의 경계선이다. 하나님은 우리에게 문제를 통해 경계선을 인식하길 원하시는 것이다.

하나님의 계획은 문제 속에 더 깊은 영적 뿌리를 찾으라는 것이다. 만약 그렇지 않는다면 문제의 소용돌이 속에서 헤어나지 못할 뿐만 아니라 하나님께서 우리를 향한 목적과 계획은 온데간데없어지고 문제의 고통 속에서 허우적거리는 인생으로 끝나고 말 것이다.

하나님을 믿는 것이 무엇일까?

거듭난 새 생명은 하나님과 우리와 관계의 시작이고 교제의 시작이다. 이 시작을 통해 진정한 바른 관계를 가져가야 한다. 이것이 하나님을 믿는 것이고 하나님을 공경하는 것이다. 문제 속에서 나의 진정한 뿌리를 알 때 우리는 하나님을 인정하지 않을 수 없을 것이고 다른 그어떤 것보다 하나님의 사랑의 깊이와 길이 높이와 넓이를 알아가면서 하나님을 향한 정직한 고백의 신앙으로 드려질 것이다. 이것이 하나님을 믿는 것이다.

하나님을 믿는 것은 종교적인 제도나, 규율에 갇혀 있는 것이 아니라 그분과의 올바른 관계로, 신뢰와 친밀함으로 나아가게 되는 것이다. 이것을 하나님을 믿는 것이고 하나님을 공경함이며 하나님께 영광이 될 것이다. 하나님은 우리에게 문제를 통해 진정한 관계를 원하시고 계신다는 것이다.

성령에 진동당하고, 성령의 이끄심 속에 순종되는 삶을 통하여 하나님께로 더 가까이 나아가고 그분의 깊으심을 헤아리고 하나님 그분의 마음이 어떠한지를 문제를 통해 깨달을 때 그분의 그 깊으신 사랑에 우리는 붙들리게 될 것이다.

오늘이 중요하다. 그리고 그분으로부터 나에게 주시는 말씀이 중요하다. 나를 돌아보며 나의 되풀이되는 생활을 되돌아보며 문제 속에서 나를 향해 다가오시는 깊음 속에 계신 그분을 향해 나아가는 선택과 결단이 오늘을 사는 나에게 주어진 최고의 과제이다.

문제의 인생 속에 문제의 인생으로 끝나는 것이 아니라 문제의 인생 속에 깊이 감추어진 보화를 발견하고 찾을 수 있는 이 한날의 축복을 내가 어떻게 맞이하고 받아들여야 하는가?

문제 속에서 우리를 향해 찾아오시는 주님을 인식하며 근원적인 뿌리에서 시작되어서 되풀이되는 인생의 문제 속에서 자신을 방치하는 어리석은 인생이 되지 말아야 한다. 그리고 그분을 향하여 문제를 들고 나아가는 선택과 결단을 그분은 기다릴 것이다. 어떤 예배나 헌신과 봉사나 교회생활도 우리 신앙생활에 중요한 부분이겠지만 하나님을 하나님으로 경배하는 가장 소중한 우리의 삶은 우리의 문제를 그분을 향해 가지고 나아가는 선택과 결단이야 말로 그분께서 가장 기뻐하시는 예배가 아닐까 생각된다.

오늘이라는 과제 앞에 하나님을 느끼게 하시며

주여 나의 영혼을 성령으로 지배하시며

성령으로 진동시켜 주시며 통치하여 주옵소서………….

내가 하나님의 사람으로 서게 하옵소서…………….

내가 나의 부족함을 고백하게 하옵소서.

내가 문제를 안고 아버지께로 향하게 하옵소서.

주의 힘으로 나를 이끄소서………….

본을 보이는 삶 (히브리서 5:1-14)

　시대의 혼란 속에 가장 주목을 받는 것은 지도자이다. 사회적 지도자나 단체의 지도자는 그 만큼의 책임이 크다. 버락 오바마에게 관심이 집중되는 것은 어려운 시기에 그 지도자의 영향에 거는 기대가 크기 때문일 것이다. 사회나 세상의 지도자보다 더 중요한 것이 교회 지도자이다. 하나님은 교회를 통해 또 지도자를 통해 하나님의 나라를 이루어 가길 원하기 때문이다. 그래서 하나님은 지금도 사람을 찾으신다. 불러서 수련의 과정을 통과하도록 훈련을 시키신다. 이 과정을 거친 후에 하나님은 사역을 하게 하시는 것이다.

　오늘 본문의 교훈은 우리의 진정한 목자이신 주님께서 보여 주신 지도자 상이다. 지도자가 갖추어야 할 자세와 역할은 가르침보다 더 중요한 것은 본을 보이는 삶이다.

자신의 연약함도 인정할 줄 아는 지도자(목회자)(1-2)

　자신의 연약함을 아는 것은 진정한 하나님 앞에서의 자기발견이다. 자신을 아는 자는 남을 이해할 수 있고 용납할 수 있기 때문이다. 자신을 모르면 상대방의 마음을 헤아리지 못할 뿐만 아니라 마음도 얻지 못한다.

"사람은 사람이다."
자신을 헤아리지 못하는 지도자에게서 나오는 것은 지적, 판단, 책망일 뿐이다. 자신을 발견하게 되면, 오히려 상대에 대하여 이해, 수용, 용납, 공감하게 된다. 이것은 부모 자식관계도 마찬가지다. 교회의 직분자는 자신을 알아야 다른 사람과 불편치 않는 관계를 형성해 갈 수 있다.

나의 삶에서 돌아볼 영역은 무엇인가?
무엇으로 실천을 이룰 수 있는가?
나는 진정 내 모습을 알고 있는가?

자신을 관리할 줄 아는 자가 진정한 지도자이다(3)

하나님의 부르심을 받은 자는 더욱 그러하다.
자신을 관리하는 것은 삶을 통하여 나타나는 하나님의 모습, 하나님의 성품이다.

얼마 전 가톨릭의 김수환 추기경의 마지막 길을 가는 모습을 보면서 각박한 시대에 많은 사람의 마음을 움직일 수 있는 힘은 그분의 살아온 삶의 모습이 아닌가 생각한다.

나의 개인적인 생각은 우리 시대는 관계를 잃어버린 개인주의, 이기주의의 문화와 생활구조가 만들어지고 있다. 그리스도인이라고 해서, 교회라고해서 예외는 아닐 것이다.

그분의 삶은 그리스도인으로서 당연한 삶이다. 위대한 삶이 아니라 지극히 당연한 삶인 것이다. 그러나 우리의 현실이 너무 각박하고 삭막하고 개인주의 삶으로 현실에 이끌려 자신도 모르게 현실화된 우리의 모습을 보면서 가슴 깊이 새겨진 지극히 인간적인 삶의 갈망을 일깨워준 것이다.

오늘을 사는 그리스도인이나 교회의 지도자(목회자)는 더욱 그리해야 한다. 자신을 위하여 속죄의 제사를 드릴 줄 아는 삶에서 진정한 목회자의 능력이 나타나는 것이 아닐까? 왜 예수님을 사람들은 권세 있는 가르침을 하는 자라고 말씀하셨을까? 그 이면에는 가르침도 중요했겠지만 삶을 통해서 나타난 관계가 사람들의 마음을 공감하고 움직였을 것이라고 여겨진다.

자신이 무엇이 부족함을 알고 있는가?

어떻게 해결해야 할지 구체적인 계획이나 실천의 방향은 가지고 있는가? 부름받은 자로 하나님 앞에서 나 자신을 정직하게 관리해야 할 영역은 무엇이라고 고백할 수 있겠는가?

연단 속에서 맺어지는 관계의 고백을 할 수 있는 지도자(목회자) (7-10)

예수님은 자신이 하나님의 아들이라 할지라도 아들의 권한을 쓴 것이 아니었다. 사람과 함께 동일한 영역 속에서 고민하고 통곡하고 괴로워하며 삶의 아픔을 경험했다.

그 아픔을 하나님께 통곡하며 쏟아내 놓았다.

오늘날 교회나 가정의 지도자 되는 부모의 가장 영향력은 다른 곳에 있는 것이 아니다.

우리가 지금 처한 현실, 문제를 보면서 정말 복음의 눈으로 볼 수 있는 눈물과 통곡의 기도가 필요한 때이다.

시대의 아픔을 안고 부르짖을 수 있는 지도자가 아버지가, 목회자가 필요한 시대이다. 하나님은 지금도 그 눈물을 그 통곡을 보기를 원하신다. 그리고 그 눈물과 통곡을 올리는 자를 통해 역사 속에서 하나님 뜻을 이루어 가고 계신다.

그 눈물 속에는 그 통곡 속에는 하나님과 동일시되는 마음으로 교통하기 때문에 하나님께서는 이 시대의 현실을 보면서 하나님의 심정으로 되는 자리에까지 이르도록 우리의 마음에 성령으로 역사하시어 통곡하게 하시고 부르짖게 하신다.

묵상을 정리하면서……

내가 앉아야 할 축복의 자리가 어디일까?

내 심정이 하나님의 심정으로 와닿기까지 나에게 필요한 것은 무엇인가?

현실, 개인, 욕심, 야망, 주변에서 오는 죄의 영향력보다 비교의식보다 하나님의 부르심에 목적을 잃어버리지 않는 지도자. 현실의 아픔과 갈등, 유혹 속에서도 자신의 부르심을 망각지 않고 그 부르심을 향하여 성실히 달려갈 수 있는 자!!!!!!!!!!

주여 나의 연약함을 알고 붙드소서

다윗의 고백과 같이 나를 넘어뜨리려는 원수들과 대적들이 사방에서 나를 공격하나이다.

나를 붙드시고 주의 날개 아래 보호받게 하소서.

나를 향한 주님의 빛을 잃지 않게 하시며
오늘도 주님이 말씀하신 그 자리에 있게 하소서.

내가 원하는 자리를 찾는 지도자가 아니라
주님이 있으라고 말씀하신 그 자리에 있을 수 있는 목자가 되게 하소서.

그곳이 말구유일지라도, 버림받았던 고향일지라도

너무나 힘들고 괴로웠던 갈보리 십자가에 매달리는 자리일지라도…….

주님이 원하시는 자리에 있을 수 있는 목자가 되게 하소서.

그 자리의 축복을 알고 그 자리를 볼 수 있는 목자,

그 자리를 빼앗기지 않으려는 목자(지도자)가 되게 하소서.

축복의 통로로 사는 비전 (시편 72:1-19)

　신학을 공부하기 이전의 일이다. 예수님을 만나 복음을 깨달아 가면서 주셨던 마음들은 영혼에 대한 소중함이었다. 그래서 복음을 전하는 일에 많은 시간과 마음을 쏟도록 주님은 표현의 부족함이 있었는데도 불구하고 그 사명 감당할 수 있는 담대함을 주셨다.

　복음을 전하면서 더 깨달아지고 알아 갈 수 있었던 것은 인생의 불행과 멸망에 대한 것들이 구체적으로 가슴에 와닿았다. 그럴수록 복음을 전하는 열정이 깊어지게 해 주었다. 그러던 중 주님은 내 마음속에 하나님을 올바르게 알지 못하고 있음에 부족함과 말씀에 갈급함, 정립되지 못한 신앙에 대한 갈등을 느끼고 있을 때 하나님은 필요한 도서들을 접하게 하시면서 꾸준히 방송청취를 통해 살아 있는 간증들을 들으면서 위로를 더해 주셨고 필요한 사람들을 옆에 붙여주셔서 만나게 해 주었다. 그 후 소그룹 성경공부 모임도 참석하면서 신앙적인 정립의 중요성이 얼마나 필요한가를 알게 하셨고 그 후 선교회와의 만남을 통해 개인적인 영적 생활의 훈련을 경험하는 오랜 시간들을 가지게 해 주셨다.

　이때 선교회를 통해 마음에 새기게 된 비전이 있었다.

그것은 "one man vision"과 "quiet time"이었다. 이 비전은 그때 나의 영적 생활에 많은 풍성함을 경험하는 밑바탕이 되었다. 그래서 오늘도 변함없이 이 삶의 풍성함을 날마다 경험할 수 있도록 습관화 시켜가고 체질화시켜 갈 수 있게 해 주신 것도 오직 하나님의 은혜라고 말할 수밖에 없을 것 같다.

지금도 목회를 하면서 가장 소중히 여기는 것이 있다면 이 one man vision이다. 한 사람이 제대로 세워지면 이 한 사람을 통해 이루실 하나님의 위대한 역사를 나타내고 본인은 또한 그 은혜로 인해 그야말로 풍성한 축복의 삶을 누리기 때문이다.

오늘 본문을 통해 다윗 왕이 하는 기도도 이와 같은 내용이다. 지도자의 한 사람에 의해 얼마나 많은 백성들이 행불행을 경험하게 된다. 그래서 한 명의 지도자가 세워지는 일 교회 안에서 한 영혼이 올바르게 세워지는 일은 그만큼 중요하게 여겨지기 때문이다.

얼마 전 중국을 방문하면서도 느꼈던 일들이다. 한 사람 진시황제의 그릇된 정책과 부패함으로 인해 얼마나 많은 백성과 가정들, 자녀들이 고통 속에 살 수밖에 없었던 안타까움을 보면서 지금 우리 시대에도 가정이나, 교회나, 직장이나 국가에도 한 사람의 영향력은 중요하게 여겨지고 있기 때문이다.

한 사람의 지도자가 끼치는 영향력 있는 책임감과 중요성을 잊지 말아야 한다.

우리 시대를 보면 국가나 단체, 교회, 지도자는 많은데 체제는 영향력을 잃고 있다. 지도자의 영향력이 그만큼 중요하게 영향력을 행사하기 때문이다.

올바른 가정을 세우기 위해 아버지의 영향력이 중요하고 교회를 세우기 위해 지도자의 영향력이 중요하다는 것은 두말할 필요가 없을 것 같다. 지도자의 영향력은 그 단체나 집단에 영향을 그대로 미치기 때문이다. 조직을 움직이기 위한 것보다 그 집단속에 영적 흐름이 흐르기 때문이다. 진실이 흐르기 때문이다. 영은 속일 수가 없다. 그 영적 흐름은 그대로 나타나기 때문이다.

다윗 왕은 책임 있는 하나님 앞에서 지도자로서의 사명을 감당하기 위해 자신이 가져야 할 마음 바탕이 무엇인가를 위해 하나님께 간구하고 있다. 이것이 지도자가 가져야 할 바른 태도일 것이다. 자신의 목적과 야망이 아니라 하나님의 마음, 하나님의 지혜, 하나님의 심정으로 백성들을 돌아보려는 마음이 중요했기 때문이다.

다윗이 하나님 앞에 그렇게 살아가야 할 필요성을 누구보다 느꼈기에 또한 그 영적 흐름을 잘 알았기에 자신의 아들에게도 동일할 마음을 달라고 간구하고 있는 모습이다. 오늘 우리세대는 부모나, 지도자들에게 일어나고 있는 문제는 후손들에게 물질의 풍요로움과 소유에 대한 집착 등에 초점을 맞추다 보니 그 결과는 오히려 방종과 타락과 변질로 나타나고 있지나 않나 생각해 본다.

정말 물려주어야 할 것은 그들이 가져야 할 정신일 것이다. 신앙의 올바른 정신, 사회적 기업의 정신, 교회의 정신일 것이다. 이것이 물려지지 않는다면 그 어떤 것을 물려준다 할지라도 그것은 물려받는 자들에게 진정한 축복이 될 수 없을 것이다.

이것은 비록 가족관계와의 문제뿐만 아니라 교회생활에서 목회자와 성도와의 관계도 이와 동일하다. 그래서 사람은 비전으로 만나는 중요성은 더 말할 필요가 없지 않나 생각된다. 과연 오늘날 교회 안에서 이런 일들이 일어나고 있는가?

개인적인 필요만을 위한 하나님인지, 아니면 그 공동체에 주신 비전에 함께하는 신앙생활인지 돌이켜 봐야 할 것이다. 하나님을 내 편으로 끌어들이는 신앙생활이 아니라 내가 하나님의 편에 설 수 있는 사람이 되는 것이 중요하지 않나 생각된다. 그래야만 하나님께서 우리의 삶에 구체적으로 인도해 주실 것이고 필요도 채울 것이다. 왜냐면 하나님 보시기에도 내가 하나님 편에 서 있기 때문에 하나님도 역사하실 것이라는 것이다.

오늘 본문에 나타난 다윗의 기도 내용을 보면 누구보다 이런 인식에 깨어 있었던 것을 알 수 있다. 이런 다윗의 모습 속에서 다윗이 구체적으로 원하는 것이 무엇인지 우리가 성령의 음성을 들을 수 있어야 한다. 먼저 자신이 하나님 앞에서 어떤 인식을 하면서 살아가야 하느냐에 따라서 후손들을 위해서도 올바른 것을 구할 수 있다는 것이다. 그처럼 한 사람의 올바른 영적인식과 영향력은 중요하다는 것이다. 그 한 사람의 영향력은 그 한 사람만의 것으로 끝나는 것이 아니라 세대를 통하여 다음세대에 그대로 영향을 주기 때문이다.

정말 다음세대에 영향을 바르게 주기를 원한다면 오늘 우리자신, 나 자신, 한 사람의 영향력이 소중하다는 것을 인식하는 것이 절실함을 느끼는 기도의 고백을 해야 할 것이다. 그리고 한 사람의 부모로서 지도자로서 정말 다음세대에 올바르게 물려줄 것이 있기 위해 지금 자신의 삶의 중요성도 인식해야 할 것이다.

자신의 삶이 그토록 중요한 것은 곧 개인의 삶은 공동체에 영향을 주기 때문이다. 신앙이 성장하는 사람들의 모습을 보면 공동체의 영향력으로 나타나고 있다는 것이다. 자신의 인생이 공동체를 통해 열매 맺어가고 있음을 기쁨을 누리는 신앙생활이 되어야 한다는 것이다. 그만큼 개인의 삶은 공동체에 중요하기 때문이다.

하나님을 온전히 의식하고 따르는 삶의 중요성과 결과는 하나님이 세우신다. 평소에 즐겨 주장하는 약속의 말씀 중에 야고보서에 나오는 한 구절이 생각난다.

"각양 좋은 은사와 온전한 선물이 다 위로부터 빛들의 아버지께로서 내

려오나니 그는 변함도 없으시고 회전하는 그림자도 없으시니라" (약 1:17)

하나님을 의식하고 그 뜻을 좇아 사는 삶의 중요성에 대한 인식은 그리스도인이라면 누구나 가지고 있는 삶의 목표일 것이다. 그러나 중요한 만큼 쉽게 이루어지지 않음에 누구나 갈등하고 살아가고 있는 것도 우리의 현실이다.

오늘 본문을 통해 다윗의 모습을 보면서 분명하게 나 자신에게 인식시키며 다짐하고 싶은 두 마음들이 있다.

첫째, 사람은 무엇으로 행하든지 보응받는다는 사실이다

복을 비는 자에게 복으로 돌아올 것이고 고통을 심는 자에게 그 고통은 자신에게 돌아온다는 사실이다. 자신의 삶이 이처럼 중요한 것이고 더 나아가 한 사람의 삶의 영향력이 중요하다는 것을 새삼 강조하고 싶음이다. 신앙은 지금 나 자신만의 삶이 아니다. 나 자신의 복된 삶은 감히 하나님 앞에 저축된다고 말하고 싶다. 다시 말해 나의 삶이 심어지고 있다는 사실이다.

무엇을 심고 있는 것은 자신에게 달려 있다. 심은 대로 거둘 수 있기 때문이다. 하나님 앞에서의 비전은 나 자신의 삶도 중요하지만 무엇을 심느냐하는 것은 다음세대를 위해 더 중요하다는 것이다. 나의 인생, 나의 목회, 거둠을 위한 것이 아니라 심는 것이 우선이라는 것을 잊지 말고 오늘도 무엇을 심을 것인가를 즐겨 하는 하루의 시작이었으면 좋겠다.

둘째, 올바른 것을 심기위한 자신의 사고 정립이 중요하다

사역을 하면서 경험하는 것이 있다. 강조하고 싶은 말이다. 대부분 많은 사람들이 나름대로 열심히 심었다고 하는데 알고 보니 자신의 내면의 아픔에서 나오는 상처의 한이나 정적인 묶임의 쓴 뿌리로 인해 심어진 것들이었다. 이러한 것의 열매는 결국 엉겅퀴였고 심하게 표현한다면 오히려 심지 않은 것이 더 나았을 뻔한 것들이었다. 얼마나 속상하고 억울한 삶이었는가 하는 것이다. 그래서 강조하고 또 강조하고 싶은 말이다.

정말 올바른 것을 심는 인생으로 살기 위해서는 자신의 기준으로 심으려는 생각을 버리고 성령의 음성에 귀를 기울이며 복음적인 사고로 전환하셔야 함을 새 삶 말하고 싶다. 이것이 없이는 인간은 좋은 것을 심을 수 있는 능력조차도 하나님께서 주시지 않으면 불가능하다는 것이다. 그래서 다윗은 하나님을 온전히 의식하는 삶의 바탕에서 자신의 삶에 충실한 삶을 살았다.

본문 7~14절까지의 내용에서도 나타나 있는 것처럼 우리가 하나님을 온전히 의식하는 삶을 살게 되면 모든 악의 세력으로부터 보호받게 하실 뿐만 아니라 하나님께서 모든 악의 세력을 꺾으셔서 우리에게 굴복하게 하신다. 더 나아가 우리의 이런 삶은 고통과 압제 당하는 자를 구원하는 도구로 사용하신 다는 것이다. 이러한 삶처럼 그리스도인들에게 소중한 비전이 어디 있겠는가?

나 자신 스스로가 하나님을 온전히 의식하고 그 삶의 결과로 야고보서의 말씀을 확신 있게 붙들고 나아간다면 한 사람 자신이 악의 세력 속에서 고통 속에서 벗어날 뿐만 아니라 더 많은 고통과 억압 속에 있는 자들을 구원해 낼 수 있다는 것이 얼마나 축복된 삶이겠는가? 우리는 이러한 삶을 빼앗겨서는 안 될 것이다.

마귀는 우리의 삶을 철저히 방해하고 있다. 이러한 삶을 살지 못하도록 우리가 비전을 가지지 못하도록 우리 한 사람 한사람을 집중적으로 잘 알고 다가오고 있다. 그럴수록 우리는 하나님을 온전히 인식하고 하나님이 지혜로 마귀의 세력을 무찌르고 승리의 삶을 누려야 한다.

여기서 한 가지 더 강조하고 다짐하고 싶은 마음들이 있다.

선을 행하다가 낙심 말라

즉 씨를 뿌리다가, 심는 일을 하다가 낙심하지 말라는 것이다. 항상 하는 말이지만 악한 일에는 낙심이 안 온다. 악한 일에는 두려움만 오게 마련이다. 그런데 선한 일을 한 후에 다가오는 것이 낙심이다.

우리가 심을 수 있었던 것, 뿌릴 수 있는 도구로 사용됨에 감사하고 그 모든 것은 하나님의 주권에 맡겨야 한다. 우리 하나님은 공의의 하나님이시다. 결코 심은 것 뿌린 것 헛되지 않게 하시는 분이시다. 때가 되면 거두게 하신다. 우리가 할 수 있는 것은 때를 기다리며 인내하는 것이다. 우리의 가장 알맞은 때에 필요한 때에 거두게 하실 하나님이시기 때문이다.

오늘 말씀을 묵상하면서 정리할 수 있었던 하나님의 음성은?
나 한 사람의 중요성에 대하여 다시 한번 내 인생의 중요성, 내 사역의 중요성, 다음세대를 향한 나 자신의 삶의 중요성을 다짐하는 주님의 부드러움을 느끼게 해 주었다.

"내가 너를 기대한다. 너는 나의 기쁨을 이루라, 너의 모든 것이 헛되지 아니하리라, 너의 모든 현실, 아픔, 다 알고 계시기에 너에게 나의 중요함을 더 깊게 알게 하리라."

나의 삶의 중요성이다.

하루의 삶은 너에게 가장 값진 보석이다. 네 삶의 생활에서 보석이 흘러나와야 한다. 가장 소중한 보석을 심으라, 썩지 아니할 것을 심는 너의 삶을 내가 보았노라 너는 나를 기대하는 자가 되라, 네가 너를 부끄럽지 않게 하며 버려두지 아니 하니라.

너로 인하여 내 뜻을 이루리라, 그리고 그 열매는 너와 네 후손에게 복됨으로 채우리라 너로 인하여 나의 축복을 흐르게 하리라, 너는 남이 알지 못하는 네 축복을 흐르게 하는 통로가 되라. 너로 인하여 하나님의 축복을 사람들에게 보이리라.

한 가지 부탁하고 싶은 말씀이 있다. 실망하지 말고 하나님을 기대하라 내가 너에게 내 뜻을 이루기로 선택하였느니라. 너에게 부탁한다. 실망하지 말라. 나는 너를 기대하고 있다.
나의 기쁨을 붙들고 인내하며 승리하라.
너에게 부탁한다……

서로를 소중히 여기는 공동체 의식 (고린도전서 8장)

사람이 있고 조직이 있는 곳에서는 항상 따르는 게 규범이고 질서이다. 이런 관계 속에서 생활하고 있는 것이 사람이고 이것이 또한 우리의 삶이다. 특히 교회라는 공동체 안에서 서로의 관계의 문제는 개인에게 영향을 주기 때문에 이런 부분에 대하여 고린도 교회 안에서도 아마 사도 바울은 이런 문제를 올바르게 정립해야 될 필요성이 있어 이 우상 섬기는 일로 인하여 주변 사람들과의 실족의 문제를 다루기 위해 무엇이 우선이 되어야 서로에게 유익하고 믿음에 덕이 되고 있는지를 교훈하고 있다.

무엇을 하든지 법이 아닌 사랑을 기초로 하는 것이다

법은 하느냐, 마느냐, 해야 되느냐, 하지 말아야 되느냐를 말하고 있지만 하고 안 하고의 문제가 아니라 이것을 함으로써 서로의 관계에 어떤 영향이 나타나고 있고 이것이 하나님 앞에 어떠한가를 먼저 생각하는 데서 출발되어야 한다는 것이다.

사람들은 쉽게 행동으로 사람을 판단하는 오류를 범하기도 하고 때로는 행위로 인해 실족을 당하기도 한다. 법을 생각하기 이전에 서로의 관계가 얼마나 중요한 가를 먼저 인식하는 것에서부터 출발되어야 한다. 물론 법을 논하는 것이 때로는 필요하다. 법도 서로의 이해관계를 올바르게 하기 위해 만드는 것이다. 이 일로 인해 서로에게 유익이 되느냐 그렇지 않느냐를 생각하는 것이 중요함을 강조하고 있다.

다시 말해 무엇을 하고 하지 않고를 떠나 항상 사람을 먼저 생각하고 관계를 먼저 생각하는 의식이 회복되어야 함을 강조하고 있다. 하나님께서도 우리에게 말씀을 주시면서 제일 강조하고 있는 것이 사람을 가장 우선시하고 모든 것을 이루어 가길 원하시고 계신 것이다. 하나님의 창조의 섭리도 사람을 가장 우선시 하셨고 이것을 모르고 종교 논리에 빠져있는 바리새인들을 향해 아주 강하게 질책하셨다.

한 공동체 안에서 우리는 생각해야 한다. 어떤 조직과 법을 따지기 이전에 내가 얼마나 사람과의 관계에 영향을 주고 있는가를 인식하는 것이 올바른 신앙관을 가지고 믿음생활하는 것이다. 사람을 의식하지 않고 자기중심적인 사고에 매여 일방통행식의 무례함도 올바르지 않을 뿐만 아니라 전혀 의식이 없이 무엇을 해야 되는지를 모르는 것도 관계를, 사람을 생각지 않는 모습이다. 이것은 공동체 안에서 서로의 관계에 갖추어야 할 그리스도인의 인격의 덕목이다.

사람을 생각하고 관계를 의식하면서 자신의 삶을 처신해 가는 지혜로움의 훈련과 발달이 필요하다. 신앙생활을 오래했다고 모든 것을 잘 안다고 하는 사람들도 보면 이런 올바른 사고 없이 행동하기 때문에 무레함이 나타날 수 있는 것이고 다른 사람에겐 또 하나의 시험거리가 될 수도 있기 때문이다.

바울 사도는 이 본문에서 고린도 교회에서 일어나고 있는 우상에 바쳐진 제물을 먹는 문제에 있어 이것이 서로에게 어떤 영향을 주고 있는지를 인식하면서 올바른 교훈을 제시하고 있지만 오늘 우리는 우상의 제물을 떠나서 이 말씀 안에서 꼭 우상의 제물만이 아니라 본문의 핵심은 무엇을 교훈하고 있는 가를 오늘 나의 삶에 적용하면서 하나님의 음성으로 들을 필요가 있을 것이다.

모든 사랑의 기초에는 사람을 우선시하며 존중하고 있다

한 영혼의 인격은 소중하다. 자신의 삶이 중요하면 다른 사람의 삶도 중요하다. 혼자 사는 것이 아니기에 서로의 관계에서는 의무와 책임감을 인식해야 한다. 이러한 개념 없이 공동체 생활을 하는 것도 올바르진 않을 것이다. 물론 신앙의 차이가 있겠지만, 이런 문제는 본인이 내세울 것이 아니고 자신의 신앙의 방향을 올바르게 찾아가고 세워 가는 책임도 중요하다.

나의 삶을 돌아보는 인식이 필요하다는 것이다. 남이 실족하든지 말든지, 나는 내 나름대로의 삶을 살겠다는 것은 공동체를 생각지 않는 이기주의적 삶일 수밖에 없다. 한분 하나님을 섬기는 자로서 이런 인식

없이 하나님을 찾고 신앙을 논한다는 것 자체가 건강하지 못할 뿐만 아니라 사람을 실족시켜 놓고 나는 하나님만을 찾겠다는 주장으로 몰아간다면 이것은 일종의 우상신앙에 지나지 않을 것이다.

하나님을 올바르게 알지 못하는 가운데 나타나는 행위들일 것이다. 하나님을 믿는 것은 하나님을 아는데서 출발되어야 한다. 정말 하나님을 알고자, 하나님의 뜻을 찾고자 하는 곳에는 하나님은 찾아오실 뿐만 아니라 우리에게 하나님은 말씀하신다. 이 하나님의 뜻과 음성을 듣는 자는 자신의 문제를 발견하고 신앙의 인격을 회복해 가기를 성령은 우리에게 느끼게 하시고 따르게 하실 것이다.

하나님은 우리에게 찾아오셔서 질서를 회복해 가고 인격을 회복해 가고, 하나님의 형상을 회복해 나가길 원하신다. 이런 회복이 나 자신뿐만 아니라 공동체와 사람을 생각하는 관계에서 진정한 행복과 교제와 기쁨을 누리며 서로를 세워 가는 소중함도 나타날 것이다.

우리는 인식하고 믿음의 길을 가야 한다. 사람과의 관계가 어떻게 중요하게 나타나야 하는가를 생각하는 태도에서 부터 존귀함을 배워 가는 겸손한 자의 삶이 다른 사람으로부터 또, 하나님으로부터 존귀함을 받을 것이다.

감사와 기쁨으로 찬양하며 승리하라 (시편 34:1-22)

다시 한번 말하고 싶다.

하나님을 알아가는 기쁨을 누리는 삶이 얼마나 소중하고 확신 있게 하는지……

사람들은 누구나 할 것 없이 알지 못하는 고통과 불안 속에서 벗어날 수 없는 현실 속에 하루하루를 살아가고 있다. 그래서 잠시나마 고통을 모르고 자라가고 있는 아이들의 모습이 그렇게 평안하게 보이는지도 모르겠다. 사람은 나이가 들수록 얼굴이 굳어지고, 마음은 완악해지고, 행동은 여유가 없어지고 많은 짐을 지고 살아가고 있는 우리의 현실이다.

하나님은 세상을 지으시고 세상과 계속 함께 해 오신 분이시다. 그러므로 시대를 누구보다도 아시는 분이시고 역사를 분명히 읽고 계신 분이시다. 시대 속에, 역사 속에 하나님을 알지 못하고 살아가는 인생의 고통은 고통 많은 세상에서 사는 고통이 몇 배나 더할 것이다.

그런 중에 하나님의 택하심을 입었다는 것은 행운 중의 행운이고 축복 중의 축복이다. 우리는 이 놀라운 택하심을 허락해 주신 하나님의 은혜를 망각하지 말아야 한다. 한낮 구름에 가려진 우중충한 날씨 때문에 괴로워하고 힘들어하는 인생이 아니라 오늘처럼 이런 화창한 날을 기대하는 마음으로 하나님을 의지하고 살아야 한다.

오늘 본문은 이런 면에서 우리에게 제시하는 생명이 있다.

해결할 수 없는 고통에 짓눌리는 인생 되지 말고 맑고 화창한 날을 주실 것을 기대하며 택함 입은 은혜 속에 살고 있음에 더욱 감사와 찬양으로 살아라는 것이다.

은혜를 입은 축복과 감사를 놓치지 말아야 한다. 사람은 종종 현실의 무거움 때문에 받은 은혜와 사랑을 알지 못하고 또다시 육신과 본성의 굴레에 빠져 원망과 불안과 어둠의 지배 속에 마음을 빼앗기고 살고 있다. 이러한 감정은 자신의 인생을 회복하는 데에도 전혀 도움이 되지 않는다. 지금 당장 물리치고 버려야 할 것이다.

내 입으로 선포하고 고백해야 한다. 이런 감정이 내 마음을 지배하지 못하도록 당장 추방시켜야 한다. 그 어떤 괴로움으로 스트레스로도 무엇 하나 도움 될 것 없다. 혹 감싸안고 있는 것이 있다면 지금 당장 날려 버려야 한다. 내 것이 아님을 선포하노라 하고 말이다. 내게서 제거되고 사라질찌어다 하고 날려 버려야 한다.

그리고 하나님의 인도하심과 보호하심의 도움을 구하는 심정으로 하나님을 찬양하고 열망하는 감사의 고백으로 심령이 채워지게 하라. 하나님을 향해 감사의 마음이 전해지도록 그분을 향해 당당한 고백을 올려드림이 마땅하다. 하나님을 감동시키는 고백과 결단은 우리에게 주신 하나님을 향한 예배와 영광을 올림이다. 이것이 우리가 행할 일이다. 사탄은 마음을 어둡게 만들어 해야 할 일을 하지 못하게 하고 오히려 하지 말아야 할 일들로 우리의 마음과 생각을 지배하려고 공격해 오고 있다. 이러함에 깨어 있어야 한다.

왜냐하면,

상태가 온전치 못하면 파괴적인 인격으로 말미암아 더 큰 불행의 나락으로 떨어지기 때문에 자신의 상태를 살피며 마음과 생각과 행동에서 어둠에 끌려다니지 말아라.

12절에서 16절까지의 나타나는 반응들이 나타나기 때문이다.

마음이 고통스럽고 괴로우면 벌써 입에서 나오는 말부터, 얼굴에서 나타나는 표정부터 다르다. 그리고 그러한 모습은 곧장 행동으로 이어진다. 이것이 사탄이 우리의 인격과 관계를 망가뜨리는 대표적인 전략이다. 우리는 깨어서 이런 올무에 걸려들지 말아야 한다. 사람은 마음이 힘들고 환경이 어려우면 너, 나 할 것 없이 성령의 다스림보다 본성적인 아픔의 발동이 시작된다. 그래서 지금 당하는 괴로움과 이미 살아오면서 쌓아 놓았던 아픔들이 함께 작동하여 강한 파워로 나타나게 되어 있다.

그래서 평소에 얌전하던 사람도 이쯤 되면 자신이 주체할 수 없는 감정에 붙들려서 옳은 일인 줄 알면서, 받아들이기 싫어하고 해서는 안 되는 일인 줄 알면서도 그 일을 절제하지 못하고 행하는 것이다. 이것은 자신을 파괴하는 길이고 상대를 고통스럽게 하는 것이다. 더 나아가 하나님의 자녀로서 하나님과의 관계에도 장애가 생긴다. 시간이 지나고 감정이 가라앉으면 자신 스스로가 더 괴로울 것이다. 이 정도 되면 자신의 인생을 풀어가는 것이 아니라 더욱더 묶여지고 꼬여들게 된다.

이전에 몰랐을 때는 그럴 수 있었겠지만 이제는 이런 속임의 감정에 말려 들어가지 말아야 한다. 그리고 자신을 사랑하고 축복하고 상대를 사랑하는 행동으로 옮기는 것이 성숙한 신앙인의 모습일 것이다.

혹 우리가 온전치 못한 삶을 살았다 할지라도 하나님은 중심으로 통회하는 자에게 마음이 괴로운 자, 상한 자를 향하여 그 사랑과 은혜를 베풀고 계시는 분이시다.

우리 하나님은 누구보다도 사람의 마음을 잘 아시는 분이시다.
우리 약함을 아시고 때로는 우리의 악함도 아시는 분이시다.
이런 우리를 아시기에 용납해 주시기 위해 돌아오는 자를 향해 용서해 주시기로 마음먹고 기다리고 계시는 분이시다. 왜냐면 사랑하는 자녀가 그 고통과 죄악에서 회복되어야만 행복해질 수 있기 때문이다. 자녀의 행복은 곧 부모의 행복이기에 하나님은 우리가 고통과 죄악에 빠져 있을 때 하나님은 더 괴로워하시는 분이시다. 그래서 돌아오기를 손꼽아 기다리고 계시는 것이다 하나님의 가장 큰 기쁨은 아픔과 시련 속에 방황하는 영혼들이 돌아오는 것만큼 큰 기쁨은 없다. 누구보다 가장 기뻐하시는 분이 우리 하나님이시다.

우리도 연약하고 악하다. 정말 우리가 해야 될 것은 다른 것이 아니다. 마음 중심을 뉘우치고 주께 돌이키려는 마음의 자세를 갖추어야 한다.

주님! 우리에게 주님의 은혜 입은 것을 잊지 않게 해 주시고 시간이 흐르고 믿음이 자랄수록 그 은혜의 깊이를 더욱더 감사하며 찬양하게 하시며 하나님의 사랑을 높이게 하소서.

그리고 현실의 고통과 아픔 속에서 내가 해야 될 일이 무엇인지 하나님 자녀로서의 신분을 망각하지 말게 하시고 마음과 생각이 어둠에 권리를 주지 아니하도록 우리 마음을 지켜주옵소서.

또한 하나님을 향하여 내 마음이 더 깊이 구체적으로 드려져야 할 영역이 무엇인지 정직한 회개와 고백을 하게 하소서. 그리고 주님의 은혜를 마음에 충만히 채우게 하소서.

5부

부르심의
목적은
행복이다

자신의 영혼을 관리하는 축복 (시편 58:1-11)

사람과 사람이 교통하고 교제가 원활하게 이루어지는 것만큼 행복한 것은 없다.

내 옆에 있는 사람 때문에 행복하고 사랑을 느끼고 살아가는 의미를 찾는 것은 우리 인생에 있어서 중요한 부분이다. 이러한 인식을 가지고 살아야 자신의 삶도 중요하게 인식하고 관리해야 될 필요성도 느끼고 또한 상대에 대한 관계도 소중히 해 갈 수 있게 되는 것이다.

그러나 잠깐 고개를 돌려 우리 주변을 보면 쉽지 않은 게 사람과의 관계들이다. 서로 행복해야 될 관계들이 너무 힘들어하고 있다는 것이다. 이러한 감정이 지속된다면 그것은 서로에게 고통이고 불행이다.

부부관계, 자녀관계, 이웃과의 관계, 부모와의 관계, 직장에서의 관계, 교회 안에서의 관계 우리는 이러한 관계 속에서 어떻게 풀어가야 행복한 삶을 이루어 갈 수 있는지에 대하여 시편 기자는 우리의 정직한 마음의 관리와 그리고 질서 안에서의 처리에 대하여 구체적으로 표현하고 보여 수고 있다.

사람의 상태를 알아야 만이 분별력을 가지고 영향을 덜 받고 산다는 것이다(1-5)

우리는 어느 누구든 솔직한 자신의 감정에 대한 고백을 하는 것이 상대에 대한 배려이다. 우리 옛날 속담에 겉 다르고 속 다르다는 말이 있다. 그래서 성경은 아첨의 말이나 탐심의 말을 버려야 한다고 말씀하고 있다. 아첨이나 탐심의 말은 그 밑바닥에 욕심을 바탕으로 하기 때문이다.

우리 자신이 얼마나 타락된 존재인가를 자신 스스로 인정하고 그런 모습을 확인할 때 자신을 회복하기 위해 하나님을 찾게 되는 것이다. 더 나아가 이런 모습의 발견은 자신을 회복시켜야 될 필요성을 인식하고 자기 모습을 보면서 상대를 조금씩 이해하기 시작하게 된다는 것이다.

만약 이러한 인식 없이 살아간다면 사람은 자신에 대하여 스스로도 잘 모를 뿐만 아니라 자신에 대하여 합리적이나 방어적 사고를 가지고 살게 된다. 이러한 공격적 사고는 상대에 대하여 부정적, 비난적인 의식으로 남을 판단하는 죄의식에 빠져들게 된다.

그렇다고 사람이 사람을 피하면서 살 수 없다는 것이다.

음식도 싫은 것을 피하면서 살 수 없는 것처럼 사람과의 관계도 피하면서 살 수 없는 것이 우리 인생이다. 음식은 먹으면서 배출도 시킨다. 사람과의 관계에서 좋은 것은 자신의 삶에 수용하고 받아들이지만 나쁜 감정은 어떻게 할 것이냐는 것이다. 이러한 감정의 처리에 대하여 시편 기자는 그 모든 초점을 하나님께 맞추고 있다.

내 마음을 청소해야 될 필요성을 인식하지 못하는 것은 영적 무지에서 비롯된다(6-9)

좋지 않은 감정을 가슴에 담고 사는 것처럼 불행한 일은 없다. 그러나 우리 주변을 둘러보아도 그야말로 담아야 할 좋은 것도 많지만 실상은 그렇지 않은 것도 많다. 그것은 냉정하게 자신의 하루의 삶을 돌아보면 금방 확인할 수 있다.

이 부분에서 한 가지 언급하고 싶은 것은 기도에 대한 잘못된 우리의 인식이다. 응답을 위한 기도는 우리에게 중요한 것이다. 그러나 깊은 의미에서 되새겨 본다면 응답의 기도보다 중요한 것이 내면의 청소이다. 기도를 통해 마음을 청소하는 작업을 배울 필요가 있다.

아무리 좋은 물건이라도 깨끗이 정리된 집에 들어와 제자리에 있어야 한다. 집이 정리되지 않아 냉장고를 놓을 곳이 없어 화장실에 두는 사람은 없을 것이다. 기도에 대한 오해의 부분에 있어 짚고 넘어가고 싶은 것은 응답을 진정으로 원하는 사람이라면 자신의 내면을 정리하는 것이 우선순위라고 말씀드리고 싶다. 자신에 대하여 스스로 회개해야 될 부분이 무엇이며 관계에 대하여 나타난 감정은 어떻게 처리하는 것이 옳은지를 알고 행하여야 될 것이다.

우리 내면의 모든 문제를 사람에게만 표현할 것이 아니라 하나님께 솔직한 감정의 마음을 표현할 수 있는 올바른 인식을 해야 한다. 이처럼 소중한 것은 없다. 자신의 내면을 정직하게 직면하고 하나님께 마음을 고백하고 표현하는 것처럼 소중한 것이 없다는 것이다.

다윗은 이러한 자신의 감정을 하나님께 쏟아놓는 일에 중요성을 누구보다도 깊이 인식한 사람이다. 본성의 마음을 처리하는 과정이 그만큼 중요한 것이다.

처리하지 않는 본성의 감정은 자신 스스로 괴롭게 할 뿐만 아니라 상대에게도 고통스러운 영향을 주게 된다. 이러한 감정이 쌓이고 발달되면 분노와 증오의 감정으로 하나님과의 관계도 영향이 미치고 사람과의 관계에서도 어려움을 겪게 되면 자신 스스로도 불행이다.

기도를 좀 더 깊이 들어가 조명해 보면 자신의 내면의 마음을 하나님께 솔직히 토하고 처리된 감정이후에는 하나님의 위로와 약속과 보상이 따르게 된다. 이것이 하나님에 대하여 솔직한 자신의 신앙의 표현이다. 하나님은 우리가 건강하고 정직한 감정으로 살아가길 원하신다.

그러므로 주님이 원하시는 제사는 상한 심령이라는 것이다. 상한 심령, 아픔의 마음으로 하나님은 우리가 하나님을 찾기를 원하시고 계신 것이다.

회복과 갚음과 씻음의 보상은 하나님께로부터 주어진다(10-11)

사람이 고작 할 수 있는 것은 살아가면서 묶이고 매이고 시달리고 고통 속에서 허우적거리며 방황하면서 살아가는 것이 일상이다. 이러한 현실의 환경 속에서 우리가 기대할 수 있는 것은 오직 하나님으로부터 해결받고 싶어 하는 마음이다.

하나님의 개입 없이 해결은 불가능하다는 사실을 인식해야 한다. 사람이 하면 할수록, 움직이면 움직일수록 더 꼬여 버린다는 사실이다. 그만큼 하나님에 대한 분명한 믿음과 인식을 가지고 움직여야 한다는 것이다.

내가 당한 아픔만큼 하나님은 처리해 주시고 보상해 주신다. 오직 하나님으로부터 해결되도록 해야 된다는 것이다. 내가 하면 할수록 나 역시 그 고통과 괴로움에서 벗어날 수 없을 뿐만 아니라 상대에게도 괴로움을 주게 되는 것이다

그것은 부메랑처럼 나에게 되돌아온다. 이처럼 어리석은 짓을 왜 하겠는가? 하나님께서 하시는 일을 보면 평안을 누리는 자가 되어야 한다. 내가 하지 않아도 그분이 대신 해 주신다. 내가 하는 것 보다 훨씬 더 확실하고 분명하게 해 주신다.

중요한 것은 내가 해야 될 일을 잃어버려서는 안 된다는 것이다. 자신의 영혼을 관리하는 것처럼 행복한 삶은 없다. 관리된 영혼은 자라게 된다. 관리하지 않으면 썩고 부패한 냄새가 나게 된다.

우리의 인식은 왜 처리하는 것보다 채우려는 인식이 강한지 모르겠다. 본성 때문일까?

믿음의 사람답게 당당하게 돌파하라

시간이 흐른다고 해결될 문제가 아닌 것도 있고 그렇다고 시간은 그냥 우리에게 머물러 있는 것만도 아니다. 모든 시간은 사람에게 주신 기회이고 축복이다. 그 시간을 살아가면서 어떻게 자신을 찾아가고 회복해 가느냐가 중요하다. 사람에게는 누구나 자신도 모르는 깊은 뿌리가 있게 마련이다.

사실 뿌리는 외부적인 관계에서도 형성된 것이기도 하지만 내속에 깊이 뿌리 내리고 있는 것만은 분명하다. 내면의 뿌리의 영향력을 우리가 살아가는 삶의 관계에서 나타나고 있기 때문이다. 이러한 영향력은 오히려 하나님의 영광을 가릴 뿐만 아니라 우리 자신의 삶에도 평안과 기쁨을 빼앗아 가기 때문일 것이다.

사람과의 관계에서 가장 중요한 것을 꼽으라면 정직과 신뢰와 존중일 것이다. 이런 마음 바탕의 시작이 아니고서는 절대적으로 좋은 관계를 형성하기 어렵다. 정직은 서로 간의 관계에서 자신의 잘못을 솔직하게 인정하고 수정해 가는 것도 정직일 것이다. 신뢰는 서로에게 심어주어야 할 각자의 책임일 것이고 존중은 상대를 향하여 나타나야 할 나의 인격의 삶이어야 한다.

말은 이렇게 쉽게 할 수 있을는지 모르지만 사실 우리가 조금 더 정직하게 돌이켜 본다면 우리의 밑바닥에는 아쉽게도 이런 마음들이 없다는 것을 발견할 수 있을 것이다. 진정한 정직은 자신을 제대로 보는 데서 부터 시작되어야 한다. 나의 나 된 모습을 제대로 보는 삶, 고백할 줄 아는 삶이 정직이지 않을까 쉽다. 우리에겐 서로를 위한 이런 정직과 신뢰와 존중이 없는 것이 불행이고 안타까움이다. 만약 자기 나름대로의 생각을 가진 사람이라면 좀 더 구체적으로 돌아보는 태도가 중요하다. 자기중심적인 사고에서 형성된 경우에는 더욱 그럴 수 있다. 자신 스스로가 상대에 대하여 건강하지 못하다는 것을 진정 고백하는 것이 더 급선무이지 않을까 생각된다. 정직, 신뢰, 존중보다 우리 밑바탕에는 불신, 미움, 증오, 정죄와 판단의 쓴 뿌리가 서로를 괴롭게 하고 있음을 발견해야 한다.

산을 오르내리면서 항상 눈에 들어오는 것이 있었다. 나무의 깊은 뿌리였다. 나무가 성장하기까지 그 뿌리는 보이지 않는 곳에서 나름대로 자리를 잡아가고 있었기에 오늘 그렇게 우뚝 선 나무가 있는 것이다. 뿌리에 대한 중요한 교훈을 얻을 수가 있었다. 뿌리 없이 큰 나무는 존재할 수 없는 것이 진리이다. 자연의 이치에서 배우게 되는 하나님의 진리이다. 뿌리는 이처럼 우리의 삶의 큰 영향을 주고 관계를 주고 열매를 맺게 하는 축복이다. 여기서 말하고자 하는 것은 그 뿌리를 우리의 마음으로 가져와서 교훈을 얻자는 것이다. 만약, 이 뿌리가 지금 우리 내면에 깊이 뿌리를 내리고 있는 쓴 뿌리라면 그리고 그 쓴 뿌리의 영향력이 우리의 삶에 실제 미움과 증오, 시기와 불신과 정죄와 판단으로 나타나고 있다면 그 뿌리는 당장 처리해야 될 부분이다. 이런 뿌리는 시간이 흐르면 흐를수록 다른 주위 영역에까지 불행과 고통을 초래하게 될 것이다. 그 영향력은 실제 우리 삶의 관계에 나타나고 있지만 그렇게 볼 수 있고 인식할 수 있지 않은 것이 우리의 안타까움이란 것이다.

얼마 전 삼악산을 다녀오면서 느꼈다 하산길에 본 그야말로 족히 100년은 넘은 나무로 보이는 나무의 뿌리가 길바닥에 드러나 있었다. 뿌리의 굵기도 대단했다. 그 나무의 자라서 드러난 부분보다 뿌리를 보면서 순간 아찔한 생각이 들었다. 저 뿌리를 어떻게 캐낼 수 있을까? 정말 쉽지 않은 작업일 것이라는 생각이 스쳐갔다. 그야말로 대단한 나무의 뿌리였다. 쉽게 캐내어 지지 않을 것 같은 대단한 뿌리였다. 우리 안에 있는 본성의 뿌리는 무엇일까? 왜 나의 삶에는 이런 문제들이 나타나고 있는 것일까? 이렇게 해서는 안 되는 줄 누구나 알고 있으면서, 수많은 되풀이되는 후회를 하면서 안 되고 있는 것은 무엇 때문일까?

매일의 후회와 안타까움과 갈등을 되풀이하면서 살다가 해결도 못하고 이대로 끝내야 되는 게 인생일까? 불신자이건 신자이건 동일하게 나타나고 있는 문제이고 고민하는 문제인데 어떻게 해결해야 가장 속 시원한 방법일까? 생명이 있는 사람이라면 누구나 고민하고 갈등하는 문제들이다.

여기서 한 가지 대안을 제시하고 싶은 것은 진정한 자기 자신을 볼 수 있는 그것도 구체적으로 분명하게 볼 수 있는 직면 속에서 정직한 자신의 모습에 대한 고백이 있어야 함을 강조하고 싶다. 자신 내면의 뿌리가 얼마나 지독하게 이미 혈육으로부터, 부모로부터, 환경으로부터 깊은 뿌리를 내려 왔는가를 볼 수 있어야 하고 인정할 수 있어야 한다. 이러한 자기 발견이 없이는 있는 환경 속에서 나타나는 문제와 갈등들로 인해 고민하고 괴로움으로 속앓이하며 자신도 고통스럽고 남도 시달리며 살수 밖에 없는 것이 우리 인간이구나 하는 고백이 필요하다. 그리고 푸념하고 인생은 어차피 그렇게 사는 거야 하면서 얼버무리면서 살 것인가 하는 것은 자신의 선택이고 책임일 것이다.

우리 안에 있는 뿌리로 인하여 나타나고 있는 삶을 돌이켜 보아야 한다. 이것이 하나님을 섬기는 우리의 태도이고 주위 사람들에 대한 사랑을 실천하는 첫 단계이고 자신을 사랑하는 첫걸음이다. 남을 사랑하면서 자신을 돌아보지 않는 것은 위선이 될 수도 있고 가면이 될 수도 있다. 자신의 모습을 제대로 보아야 만이 상대를 수용해가는 마음이 생길 것이다. 이미 우리 안에는 손댈 수 없는 깊은 뿌리가 우리 안에 뻗어 있다.

이 뿌리로 인하여 관계가 병들어 가고 있다는 것이다. 믿는 자이건 믿지 않는 자이건 동일하게 나타나고 있는 현상이다. 하나님은 우리와의 관계 안에서 하나님의 자녀로서 가장 중요하게 인식하고 회복해야 할 것에 대하여 서로를 돌아보며 정직과 신뢰와 존중을 돌파하라는 것이다.

사람은 진리에 서 있지 않으면 위험한 존재이다. 진리가 없이는 그냥 살아지는 것이 아니라는 것이다. 그러므로 하나님을 믿는다는 것은 그

만큼 진리를 아는 소중함이다. 알아야 바르게 믿는 것이고 성령님은 우리에게 알게 해 주시는 것이다. 진리를 알아야 하나님을 알 수 있고 진리를 알아야 자기 모습을 바르게 알 수 있다는 것이다. 그러므로 진리는 우리 자신을 보게 하고 살아야 할 방향을 제시해 주고 있다. 이것이 진실이고 정직이고 자유라는 것이다. 그러므로 진리 없이는 진실도 없고 정직도 없고 자유도 없다는 말과 일맥상통할 것이다.

결국 자신의 삶을 얼마나 하나님의 진리의 말씀에 인격이 지배를 당하고 살아야 되는가를 깨닫게 될 때 누가 강요하고 요구하는 것이 아니라 나에게 필요하고 소중하고 값진 진리인 것을 깨달을 때 진리는 진리로서 그 사람에게 평안과 회복과 변화와 자유와 기쁨으로 진리 안에 사는 능력을 맛보게 할 것이다.

바울은 이 부분에 대하여(딤후 6:7-10) 경고하고 있다.

진리보다 더 달콤한 물질에 매료되어 있다는 것이다. 피할 수 없는 현실을 부정할 수 없지만 그렇다고 물질을 좇는 것으로 진리를 놓쳐서는 안 된다는 것을 하나님의 자녀들은 확신해야 된다. 물질의 달콤함은 누구도 부정할 수 없다. 현실의 우리의 삶에 정말 달콤으로 해결해 주고 있다.

많은 사람이 가지고 싶은 것, 누리고 싶은 것, 행하고 싶은 것, 모든 게 물질과 관련 안 된 것이 없기 때문이다. 그뿐일까? 자녀를 행복하게 해 주는 것, 아내를 행복하게 해 주는 것, 부모를 행복하게 해 주는 것, 교인들을 행복하게 해 주는 모든 것이 물질의 영향력이 아니라고 말할 수 없을 정도로 물질이 주는 행복함도 있다.

나도 물질이 쌓아놓을 정도의 욕심이 아니라 지금 당장, 자녀들을 위해, 교회를 위해 행복하게 해 줄 수 없음이 안타까움으로 한숨과 탄식으로 나올 때도 있고 때로는 그놈의 물질 때문에 팔자타령, 신세타령도 해 본다. 물질의 힘을 이처럼 크다. 이 글을 쓰면서도 물질을 생각하니까 마음이 교차된다. 물질이 주는 기쁨과 왠지 모를 씁쓸한 헛웃음이 난다. 더 속상하고 안타까운 것은 먹고사는 문제가 아니라 물질이 없어 어떤 이는 살릴 수 있는 생명인데도 물질 때문에 생명을 잃어버리는 안타까움도 있지 않은가? 물질이 주는 행복과 기쁨은 그야말로 더없는 기쁨으로 표현할 수 있을 것 같다.

잠시 물질의 좋음에 몰입해서 빠졌다가……….

다시 제자리로……….

그러나 짚고 넘어가고 싶은 것은 진리 안에서는 물질만큼 값진 것이 없다는 것이다. 혼돈되는 부분이기도 하지만 사람은 물질이 있으면 진리에 어두워지기 때문이다. 아마 인간의 본성과 물질은 너무 잘 통하는 찰떡 궁합인 것 같다.

진리가 없는 물질은 악한 무기가 될 수도 있다. 그 무기는 자신과 남까지 헤치는 인격을 짓밟고 자신을 타락과 방종으로 빠뜨리는 파괴적인 무기가 될 수 있다는 것이다. 물질의 욕심에서 벗어나 진리를 붙들고 살아야 할 중요성을 놓치지 말아야 한다는 것이다. 바울은 이런 문제에 대하여 두 가지를 언급하고 있다.

첫째, 진리가 없는 삶에서 나타나는 어리석음과 교만함을 알라는 것이고

둘째, 진리를 올바르게 인식하지 못하면 현실과 물질의 욕심에 넘어지는 것이 자신이라는 것이다.

그러므로 이런 삶에서 자신을 지키고 승리하는 길은 하나님의 진리를 붙듦과 확신에 거하는 삶이 중요하다는 것을 알고 놓치지 말라는 것이다. 사람이 육신의 안목으로 추구하는 것 때문에 자신에게 다가올 고통과 불행의 삶을 살지 않기 위해서라도 진리를 붙들어야 하나님의 사람인 것이다.

마태복음 7장에 "내 말을 듣고 행하는 자는 그 집을 반석 위에 지은 지혜로운 사람"이라고 말씀하셨다.

그러므로 하나님의 자녀다운 삶이란 그 어떤 다른 것이 아닌 진리로 인한 힘을 길러야 한다. 진리의 힘으로 세상을 이겨 가고 환경을 이겨 가고 진리의 힘으로 사랑을 펼치고 삶을 회복해 가는 축복을 진리의 힘을 통해 경험해야 한다. 경건이 주는 힘으로 말미암아 어리석음과 무지함과 교만에서 벗어나고 본성적인 욕심을 돌파해야 한다는 것이다. 믿음으로 사는 길이란 길을 찾는 것이고 생명을 찾는 것이고 바른 것을 찾는 것이다. 무엇을 해야 할지, 무엇을 하지 말아야 할지 올바른 판단이 서지 않은 것처럼 혼돈스러운 것은 없다.

상담치유를 하다 보면 많은 분들이 나름대로는 무언가를 하기는 많이 했다. 그러나 자신이 한 것에 대한 실체를 돌아보면 나타나는 반응은 너무 엉뚱하다는 것이다. 정말 본인이 해야 될 중요한 영역은 하지 못했을 뿐 아니라 마치 눈이 보이지 않는 소경처럼 보지도 못하고 인식도 못했다는 것이다. 그런데 하지 말아야 할 영역은 너무도 구체적으로 깊이 있게 많이 했다는 것이고 잘했다는 것이다. 이런 삶의 되풀이는 불 보듯 뻔한 것이다. 그렇기 때문에 갈등이 깊어지고 마음의 상처가 깊어지고 불신도 깊어져서 앞서 말한 것처럼 쓴 뿌리의 줄기가 더 살찌워 갔다는 것이다.

자신을 잘 모를 뿐 아니라 상대를 잘 모르기에 된 일인 것이다. 우리 자신도 온전치 못한 사람인데 우리의 기준, 잣대로 모든 일을 잘 행했다고 자화자찬할 뿐만 아니라 스스로 합리화 하고 또 이런 가운데 무지한 사람들은 그러함이 옳다고 함께 박수를 치고 있다는 것이다.

왜일까? 동일한 영적 무지함에서 나오는 것이기 때문이다.

그러기에 우리는 진리를 깊이 알아야 함을 그것도 제대로 알아야 함을 다시 말하고 싶다. 그리고 비록 세상이 환경이 남들처럼 누리지 못할지라도 그런 것에 마음을 빼앗기지 말고 우리가 행해야 될 일이 무엇인가에 대하여 주목해야 된다는 것이다. 우리의 살아가고 있음의 목적과 축복, 하나님의 부르심의 목적, 하나님의 부르심 안에서의 나의 인생, 나의 가정 나의 교회라는 공동체에서 이루어 가야 할 비전이 무엇인가를 깨닫는 것이 중요하다. 그것이 하나님이 우리에게 주신 기업이다. 이 기업은 아무에게나 주신 것이 아니다. 우리에게 기업을 주기 위해 하나님은 엄청난 대가를 지불하면서 우리에게 기업의 길을 열어 주신 것이다. 이 기업의 소중함을 세상 것과 비교도 하지 말고 세상 것에 마음이 끌려서 기업을 놓지도 말고 빼앗기지도 말라는 것이다.

네가 이 세대에 부한 자들을 명하여 마음을 높이지 말고 정함이 없는 재물에 소망을 두지 말고 오직 우리에게 모든 것을 후히 주사 누리게 하시는 하나님께 두며 선한 일을 행하고 선한 사업에 부하고 나눠 주기를 좋아하며 동정하는 자가 되게 하라. 이것이 장래에 자기를 위하여 좋은 터를 쌓아 참된 생명을 취하는 것이니라.

하나님의 뜻을 이루어 가는 기쁨의 성취를 돌파하라는 것이다. 결국 하나님은 우리에게 이 기쁨을 주기 위해 부르신 것이다.

우리는 지금에 머물러서도 안 된다. 돌파해야 될 것에 돌파하지 못하고 얽매여서도 안 된다. 진정한 복음을 듣고 하나님의 은혜를 아는 자라면 나의 나 됨을 이대로 방치해서는 안 될 것이다. 세상의 유혹과 혼란 속에서 부르심의 목적을 좇아 성취해 가는 축복을 공유하는 사명을 돌파해 가야 한다는 것이다. 이 일은 우리 서로에게 이 세 가지를 돌파함으로 이루어지는 것이다.

첫째, 서로에게 정직하고 신뢰하며 존중을 더해가는 자신 내면의 장애물을 돌파함으로

둘째, 어리석음과 무지함과 교만에서 벗어나 진리의 힘으로 물질의

욕심을 돌파함으로

셋째, 세상의 유혹과 혼란 속에서 부르심의 목적을 좇아 사명을 성취해감을 돌파함으로

자신의 인생에 대하여 승리자로
부르신 분의 부르심에 대한 승리자로
함께한 자들과 함께하는 승리자로

이 땅에 값진 열매를 후대에도 남길 값진 뿌리를 내리는 교회로서 영혼으로서 나와 우리의 삶이 값지길 기대해 본다.

이 일에 우리를 불러주신 그분의 은혜에 그저 감사할 따름이다.

하나님의 주권을 인정하느냐 (시편 24:1-10)

하나님을 알아 가면서 깨달을 수 있는 것이 모든 주권이 하나님의 질서 안에서 이루어지고 있다는 사실이다. 그분의 뜻 안에서 이루어져 가고 있고 그분이 모든 만물을 통치하고 계시며 사람의 생각으로 이루지 못할 방법으로 지금도 다스려 가고 계심을 인정하게 된다.

하나님의 주권을 인정하기 전까지는 자신의 생각과 계획이 너무 많아 자신이 모든 것을 계획하고 이루어 가는 삶이었다면 이제는 사람이 계획을 세우고 준비를 한다 할지라도 하나님의 도우심이 아니면 될 수 없다는 사실을 인정하고 출발하게 되는 것이다.

사람이 자신의 환경과 현실에 매여 살아가다보면 주변을 볼 수가 없다. 그래서인지 그곳에 더 몰입하고 그 생각의 굴레에 매여 사는 게 아닌가 싶다. 그러나 눈을 조금만 돌려서 보면 모든 환경을 통해 관계를 통해 하나님의 일하심과 주권을 인정하지 않을 수 없다. 단지 우리가 느끼지 못하고 깨닫지 못하는 것은 하나님의 관점에서 볼 수 있는 마음이 준비되어 있지 않다는 것이다.

하나님의 관점에서 보면 보여지고 느낄 수가 있기에 마음의 여유를 가지고 사람의 힘으로 이룰 수 없는 것들은 하나님의 도우심을 구하고 사는 것이 평안일 텐데 그럴 만한 마음의 준비나 여유가 없이 현실의 억압 속에 갇혀서 하나님의 관점으로 눈을 돌리지 못하고 있는 것이 우리의 모습이다. 이런 복잡한 우리의 삶이 얽혀서 고민과 갈등 속에서 아파하고 괴로워하는 게 아닌가 싶다. 결국은 우리의 삶이 복잡하고 여유스럽지 못한 불안 속에 살아가고 있는 것이다.

이런 면에서 다윗은 오늘 하나님을 찾고 구하는 자의 삶의 축복을 전하고 있다.

하나님 앞에 자신을 보이며 조용한 시간을 가짐이 필요하다. 정말 하나님의 임재를 느끼고자 하는 마음이 필요하다.

다윗은 그 하나님 앞에 올수 있는 마음 상태에 대하여 4-6절을 언급하고 있다.

"손이 깨끗하며, 마음이 청결하며, 뜻을 허탄한데 두지 아니하며, 거짓 맹세치 아니하는 자로다."

안타까운 것은 하나님의 기다림보다 우리의 마음이 너무 복잡하고 온전하지 못하다는 것이다. 마음의 정리가 필요하다는 것을 느끼는 마음이 살아 있는 신앙이 아닌가 싶다.

하나님과의 관계에 반응을 느끼고 사는 심령이 살아 있는 믿음의 관계일 것이다. 많은 분들이 생각의 사고에 머물러서, 또는 복잡한 일정에 쫓겨서 이러한 삶을 놓쳐 버리고 있다는 것이다. 그런 분주한 마음들이 오히려 생각의 굴레에 갇혀 점점 믿음의 생활도 고착화되고 있다는 사실이 안타까움이다.

이렇게 가다보면 우리에게 올 것은 충격밖에 더 있겠는가?
하나님은 우리에게 지금도 이 평안 속에 살기를 원하신다.
이 평안을 느끼는 자, 구하는 자만이 7-10절에 대한 하나님을 향한 영광을 선포하며 고백할 수 있을 것이다.

하나님의 구원의 은총은 누구에게나 주신 은혜이다. 그 은혜를 거저 누리고 살고 있다. 그러나 혹, 우리의 옳지 못한 습관이나. 닫힌 마음, 고착화된 신앙 때문에 괴로워하고 있는 삶이라면 자신을 돌아볼 수 있는 시간과 자리를 만들어야 할 것이다.

비록 지금 상태가 건강하지 못할지라도 하나님께 나아오는 자를 하나님은 문제의 원인과 고통을 해결해 주시는 분이시다. 그 하나님을 신뢰하며 용기를 가지고 나아가는 우리의 결단이 필요한 것 같다. 하나님의 사랑을 느끼는 자만이 진심으로 하나님을 찾고자 하는 마음이 있는 자만이 여호와의 임재 속에서 영광을 고백할 수 있을 것이다.

오늘도 새날을 주신 복된 삶이 될 수 있도록 어느 곳에 어떤 장소에 있든지 우리의 마음 시선이 그분을 향하여 구하며 기대하는 마음이 자신에게 소중한 축복이 될 것이다. 부모와 자식과의 관계에서도 부모의 사랑을 풍성히 느끼고 사는 자는 어디서든지 자신감을 가지고 당당하게 사는 모습을 볼 수 있지만 그 관계가 온전하지 못하면 그 내면도 당당하지 못하다는 것이다. 이러한 모습은 하나님과의 관계에서도 마찬가지일 것이다. 하나님과의 관계가 지속적으로 구체적인 관계를 이루어 갈수록 자신 스스로에게 평안과 기쁨을 가지고 승리의 삶을 살게 될 것이다.

표현을 거절하고 숨기는 자, 혼자 해결하려는 자, 교제의 필요성을 인정하지 않는 자의 삶은 그 삶 자체가 불행일 뿐만 아니라 이런 생활은 하나님의 주권을 인정하는 삶이 아니다. 내 기준의 신앙의 굴레에서 벗어나 그분과 진지함을 이룰 수 있는 깊은 교제가 이루어지는 축복이 우리에게 나에게 주어져 있음을 정말 감사하며, 소중히 여기며 그 기쁨을 누리는 하나님을 인정하는 주권이 나의 삶에 뿌리 깊게 자리 잡을 수 있기를 기대해 본다.

부르심의 목적은 행복이다 (디도서 2:1-15)

그리스도인의 삶을 사는 것은 제도가 아니고 의무도 아니고 요구도 아니다.

사랑으로 담겨진 호소의 말씀이고 생명의 길이며 영혼의 기쁨인 것이다.

그러므로 그리스도인의 삶은 진리의 말씀을 깨닫고 자원하는 삶이다.

행복을 이루는 길은

자기만의 사고의 틀에서 벗어나야 한다.

사람의 힘으로 행동을 바꾸려고 되는 것이 아니다.

진리의 말씀이 이끌어 주는 힘이 필요한 것이다.

그러므로 공급의 힘은 새로운 삶의 원동력이 된다.

올바른 진리 안에 거하는 삶이 방향을 이끌어 준다

사람의 감정을 다스리는 것, 행동을 이끌어 주는 것, 사람의 힘으로 하는 것은 한계가 있다. 마음은 먹지만 오래가지 못한다. 하나님의 말씀의 능력과 가치를 인식하는 삶이 더욱 중요하다. 말씀의 능력은 사람을 변화시키고 환경을 변화시키기도 한다.

생활 속에서 진리의 말씀이 훼방받지 않는 삶을 목표로 삼아라

그리스도인의 삶의 목표는 생활 속에서 말씀의 능력이 나타나게 하는 삶이다. 말씀에 순종하면 그 말씀은 능력으로 역사한다. 생활 속에서 말씀의 능력이 나타나는 삶을 살아가는 것이 부르심의 목적이고 행복이다.

진리의 말씀이 훼방받지 않는 삶을 적용하려면

자신의 생활 속에서 말씀이 훼방받지 않는 삶이 나타나야 한다. 가족과의 관계에서 말씀이 훼방받지 않는 삶이 나타나야 한다. 부부와의 관계에서 말씀이 훼방받지 않는 삶이 나타나야 한다. 이것이 우리의 부르심의 목표고 행복인 것이다.

말씀이 빛나게 하는 것이 부르심의 선한 삶이다

인간은 환경과 현실의 영향을 끊임없이 받을 뿐만 아니라 영적 공격도 당한다. 이럴수록 깨어 있어야 할 필요성을 깊게 인식하는 태도가 중요하다. 항상 삶의 목표와 방향, 선택과 결정의 뜻을 어디에 두어야 하는지에 대한 자기 인식이 중요하다.

어둠의 세력들은 끊임없이 우리의 연약함을 공격한다.

나는 어디에서 무너지고 공격을 당하고 있는지 어떤 관계에서 사탄의 공격을 받고 있는지를 인식하고 하나님의 말씀의 권세가 자신을 공격하는 어둠들에 대하여 능력을 나타내는 삶을 구체적으로 적용하고 실천하는 태도가 필요하다. 악에 대하여서, 죄에 대하여서 단호히 살아 있는 하나님의 말씀으로 대적하여 승리의 능력을 실감나게 경험할 때 말씀의 권세와 하나님의 승리를 고백할 수 있다.

우리의 삶은 승리를 위해 주신 삶이다. 그러나 우리가 주신 승리를 확신하고 생활에 나타내는 능력이 필요하다. 이것이 우리에 대한 하나님의 부르심의 축복이다. 선한 일을 위하여 부르신 그분의 부르심 앞에 우리의 목표와 목적을 놓치지 말아야 한다. 이것은 우리의 선택이 아니고 필수다. 그리스도인의 삶은 이러한 필수적인 것을 빼앗기지 않으려는 믿음의 자세가 중요하다.

선한 일을 위하여 부르심을 받은 사실과 하나님의 진리의 말씀이 능력으로 나타나는 삶과 진리의 사랑으로 악의 세력과 죄의 영향력을 무력화시키는 권세를 누리는 삶의 풍성함을 놓치지 말아야 한다.

오늘도 나의 부르심에 대한 축복을 올바르게 인식하고 승리의 기쁨을 노래하는 승리의 하루가 되게 하소서.

내 안에 인플루엔자를 제거하라 (고린도전서 5장)

어떻게 의식하느냐에 따라 자신의 신앙 모습들이 나타나게 된다. 더군다나 한 공동체에 속한 사람들 간의 관계는 더욱 그러할 것이다. 바울 사도는 주도, 믿음도, 침례도, 성령도 하나라고 표현했다. 하나 됨을 이루어 가는 공동체 의식을 가질 수 있는 것은 하나님을 얼마나 의식하느냐에 따라 다르다.

그러므로 우리는 서로가 각자의 삶을 살피며 거룩함에 이르도록 서로를 세워가야 한다. 바울 사도는 오늘 우리 사람에게 나타나고 있는 여러 죄악상에 대하여 고린도 교회에 나타나고 있는 음행에 대한 문제점의 해결을 제시해 주고 있다.

성(性)에 대한 부분은 우리시대에 사회적인 심각한 문제로 연일 매스컴에서 보도되고 있다. 어린아이 성폭행에서부터 부녀자 성폭행, 이혼문제와 같은 것들 또한 영상매체와 컴퓨터 산업이 발달하면서 생겨난 청소년 유해사이트, 음란물, 묻지 마 채팅, 이런 문제들이 어제 오늘의 문제가 아니라 앞으로도 계속 일어날 문제들이다.

지나친 욕구불만으로 생겨나는 온갖 죄성들.

탐람(음식의 욕심)의 문제는 비만과 폭식으로 몸이 망가지고,

우상의 세력은 불안과 갈등으로 해결되지 못하는 문제 속에 미혹으로 가는 사람들,

후욕은 상처와 모순투성이의 인격에서 나타나고 있는 거친 언어와 감정표현들,

중독은 알코올, 도박, 성, 일, 마약, 인터넷, 집착등으로

토색: 남에게서 지나치게 자신의 욕심을 채우려고 강요하는 것들,

이런 문제들에 대하여 공동체는 어떻게 대처해야 되는 것인가를 말하고 있다. 결국은 개인의 삶의 질서가 무너지면서 나타나는 현상이고 서로의 관계를 생각하지 않는 데서 비롯되는 죄악이고 하나님을 인식하지 않는 데서 생겨나는 사람의 죄악성이다.

우리는 이러한 공동체 안에서의 자신의 다스림, 책임을 스스로에게 물어야 한다. 그리고 자신의 성결하는 삶을 위하여 사람의 마음가짐으로는 될 수 없기에 항상 하나님과 깊은 교제 속에 있어야 하는 절대적인 필요성과 심각성을 인식해야 한다. 이것이 진정한 하나님의 자녀로서의 모습이고 공동체를 세워 가는 모습일 것이다.

요즘 신종플루 바이러스로 인해 사람들의 건강에 대한 행동의식이 많이 달라지고 있다고 한다. 그렇다면 우리에겐 세상이 보지 못하는 신종플루보다 더 심각한 죄악의 바이러스에 노출되어 있다. 누구나 다 알고 보고 경험하듯이 세상은 죄악의 바이러스가 하루가 다르게 변종되어져 우리에게 다가오고 있다.

이 죄악의 바이러스에 대한 예방책을 얼마나 인식하고 있는가?

신종플루 이야기를 조금 더 해 보자.

가는 곳마다 손을 씻는 세정제가 놓여 있다. 누가 기침만 해도 쳐다본다, 자신을 보호하기 위해 마스크를 착용한다. 왜 이런 행동들이 나올까? 예방을 위한 것이고, 또한 상대를 위해서도 우리는 이전에 하지 않든 행동을 하면서 신종플루에 대한 경각심을 가지고 있다.

앞에서 언급한 여러 가지 죄악들을 생각해 보면 우리의 삶에 나타나고 있는 문제에 대하여 이 신종플루를 예방하는 것처럼, 나 자신을 위해 다른 사람의 보호를 위해 최소한의 영적 관리를 하지 않는다면 과연 무엇이 그리스도인이고 무엇이 하나님의 자녀라고 말할 수 있는 것일까?

우리는 하나님을 인식하지 않고 살아간다면 죄악성을 예방하고 보호하는 차원이 아니라 수많은 죄악의 바이러스를 퍼뜨리면서 인생을 살아가고 있을 것이다. 사람은 누구나 각자의 나름대로의 연약함과 취약점을 가지고 살아간다. 어떠한 죄악이든, 이러한 연약함과 취약점은 끝없이 우리 주위에서 노리고 있는 사탄의 먹이사슬이다.

이제는 우리의 삶을 신종플루를 인식하며 행동하는 그 이상으로 나의 영적 삶을 무너뜨리고 공동체를 파괴하는 내 안에 있는 죄악의 바이러스를 퇴치해야 할 것이다. 물론 사람의 힘으로는 곤란하다. 그러기에 우리는 우리에게 이길 힘을 주시는 성령의 도우심이 필요하고 말씀을 붙잡고 물리치는 힘이 필요하다.

죄악이 좋아서 생각하고 받아들이고, 빠져가는 삶이 아니라, 생각을 차단하고 말씀을 생각하며, 사람의 힘으로 할 수 없기에 성령의 도우심을 구하면서 누구보다 나의 삶을 오염되지 아니하도록 청결한 삶으로 만들어 가야 할 것이다. 이것은 자신을 사랑하는 최고의 행위이며, 공동체를 생각하는 최고의 헌신이며 하나님 앞에 그야말로 가장 소중하게 드려질 수 있는 우리의 최고의 예배가 될 것이다.

주여 나의 죄악된 육신을 치유하여 주시고 죄악을 이길 수 있는 말씀을 붙잡는 습관을 갖게 하시고 성령님의 인도하심을 의지하여 죄악에서 피할 수 있는 능력을 갖게 하시며 나의 연약함과 죄악의 성품을 노리는 마귀를 대적하는 영적 분별력을 주시고 주 예수 그리스도의 보혈로 피로 나의 영혼을 씻기어 주시옵소서!!!!!!!

무엇을 구할까?

어려움에 빠진 사람의 심정은 그야말로 지푸라기라도 잡고 싶은 심정일 것이다.

누구든지 도와주면 좋고 어떤 도움이든지 주면 좋아한다. 그러나 사실 우리 믿는 사람이 실패를 했다면 반드시 실패한 이유가 있다. 예를 들어서 다른 사람의 돈을 함부로 빌려서 썼다든지 믿을 수 없는 사람을 너무 쉽게 믿었다든지 세상적인 방법으로 성공을 하려고 무리수를 두었다든지 하는 이유가 반드시 있다.

하나님께서 우리에게 어려움을 주시는 이유는 그런 잘못을 철저하게 깨달아서 잘못된 가치관이나 생활 방식을 철저하게 고치라는 것이다. 그런데 실패의 원인은 생각하지도 않고 급하다고 다른 사람의 도움으로 또 새로운 사업에 뛰어들었을 때 그는 더 큰 실패를 할 수밖에 없다.

야고보 사도는 교인들에게 어려움을 당했을 때 그 어려움에서 빠져나오려고만 하지 말고 하나님께 지혜를 구하라고 권면하고 있다. 우리는 이 말씀이 잘 이해가 되지 않는다. 어려움이 생겼으면 돈을 구하거나 아니면 도와줄 수 있는 방법을 구해야지 지혜를 구하라는 말씀이 무슨 뜻인가?

그리스도인에게 중요한 것은 사물의 통찰력이다. 그것이 없는 사람은 몇 번씩 똑같은 방법에 의하여 속을 수밖에 없다. 예수님께서는 제자들에게 '뱀같이 지혜롭게 비둘기같이 순결하라'(마 10:16)고 말씀하셨다. 다시 말해서 다른 사람들도 모두 다 자기 마음 같은 줄 알고 믿어주다가 나중에 큰 사기를 당하거나 실패를 하는 것이다.

그리스도인들은 무조건 순진해서는 안 되고 어떤 의미에서는 영악(?)해야 이 세상을 이겨낼 수가 있다. 지혜와 통찰력은 어려움이 오지 않으면 깨닫지 못한다. 그러니까 대단히 비싼 대가를 지불하고서 하나하나 현실을 배워 나가는 것이다.

어려움이 오면 어떻게 해야 할까? 그 어려움에서 벗어나려고 몸부림만 차지 말고 하나님께 기도를 하라는 것이다. 지혜를 구하고 통찰력을 구하는 것이다. 처음에는 눈앞이 캄캄하고 무엇을 어떻게 해야 할지 알수가 없지만 계속 말씀을 가까이하면서 기도를 하면 자기가 실패할 수밖에 없었던 이유를 깨닫게 된다. 그리고 그 지경이 되도록 깨닫지 못한 자신의 미련함을 깨닫게 된다. 그런 실패를 통하여 배운 지혜는 한평생 없어지지 않는다.

기도: 하나님 아버지, 저에게 인내와 믿음을 주셔서 눈앞의 일들이 뜻대로 되지 않아도 낙심하지 말게 하시고 하나님의 때를 기다릴 수 있게 하옵소서.

6부

하나님의
말씀에
진동당하라

주권을 받아들일 수 있는가?

사람의 내면에서 일어나는 양극화의 현상은 끊임없이 사람으로 하여금 갈등하게 만들고 고민하게 만든다. 물론 이것이 살아 있는 생명이기에 인생으로 받아들이고 살아야 하겠지만 믿음을 가지고 살아가는 사람들에게 있어 이러한 문제들은 지속적으로 겪으면서 살아야 한다.

특히 사역을 행하고 있는 사람들에게는 이런 부분이 현실적이며 구체적으로 느끼고 있다. 지금 우리 주변에도 이러한 갈등 속에서 하루하루 하나님의 인도를 받으며 묵묵히 하나님 나라를 세워 가는 사람도 많을 것이다. 피해갈 수 없는 현실이기에 세상이 그러한 모습으로 흘러가고 있듯이 교회나 신앙 역시 양극화 현상을 달려가고 있는 모습을 피할 수가 없다.

무엇이 우리를 안주하게 혹은 달려가게 하는 양극화로 만들어 가고 있는지는 모르겠지만 이 모든 과정 속에서 나의 뜻을 주장하고 고집할 것이 아니라 나의 이 모든 것을 내려놓고 어떤 주어진 환경일지라도 하나님의 주권임을 받아들이고 갈 수 있느냐는 것이다. 나를 통해 이루어지는 놀라운 일들 흔히 우리가 말하는 잘되고, 뭔가 되는 것 같고 하고 있는 것처럼 느껴질 때도 있지만 전혀 그렇지 못할 때도 있다.

언제 내가 그런 일을 할 수 있었던 사람인가 할 정도로 하나님의 뜻에 쓰임 받기도 하다가 때로는 힘없이 맥 빠진 사람처럼 의미 없이 사는 것 같은 삶이 다가올 수도 있다. 이럴지라도 그 이전에 왕성함이 없을지라도 맥 빠진 상황, 그로 인해 부닥치는 갈등, 불안, 고통의 순간일지라도 하나님의 주권으로 받아들일 수 있는가? 하는 것이다.

왕성할 때는 자신의 위치와 입장을 모른다. 모든 것이 잘 돌아가는 것 같고 인정되는 것 같고 뭔가 나의 내면에서도 채워지는 느낌을 받으면서 자신 스스로 만족하고 사는 것처럼 느껴진다. 그래서 어쩌면 하나님 앞에서도 당당한지도 모르겠다. 이렇게 모든 것이 이뤄짐만이 당당한 것일까? 그렇지 못할 때는 당당함이 합당하지 않는가?

엘리야도 대단한 우상들과의 세력에서 이김을 경험했다. 그야말로 하나님의 대변자로서 하나님께서 그러한 일들을 경험하게도 하셨다. 그러나 현실로 돌아오면서 나타난 현실 권력의 이세벨에게 마치 무릎을 꿇는 심정으로 자신의 나약함을 보며 피해야 했다. 그리고는 로뎀나무 아래서 자신의 힘 빠진 모습을 견딜 수 없었는지 받아들일 수 없었는지 죽기를 구하는 자신의 비참한 모습을 보여 주고 있다. 얼마 전 그 왕성함을 어디로 갔단 말인가? 소위 누가 말하는 그 능력, 그 영성, 그 위대한 사역은 뭐였을까? 참 아이러니한 현상이라 말할 수밖에 없을 것이다.

자신이 아니면 안 될 것처럼, 자신만이 할 수 있는 것처럼 착각했단 말인가? 오직 나만이 모든 것을 제대로 하고 잘한단 말인가? 자신의 기준으로 보았기 때문에, 아니면 자신만이 하는 일이 합당한 것으로 여겨졌기 때문인가? 지나친 의로움에는 남을 인정하지 못함과 잘못하면 하나님의 주권까지 인정하지 못하는 자기 아집에 빠져들 수 있다.

하나님은 엘리야가 보지 못했던 수많은 선지자들의 사역을 인정하고 있었다. 이럴 때 하나님은 엘리야를 향한 영적 정비를 필요로 느꼈는지 모르겠다. 쉽게 말해 "좀 쉬어 가면서 해라." 열심이 지나쳐서 의에 빠지고 방향 감각이 멀어지고 사고가 왜곡될 수 있다는 것이었는가?

하나님은 엘리야에게 쉼의 시간을 가지면서 하나님과의 깊은 교제를 원하시고 계셨다. 그리고 엘리야에게 모든 관계 속에서 동역의 사명을 부어주고 계셨다. 사람은 누구나 나만의 아집을 깨뜨려야 한다. 나만 잘하고 나만 옳은 것이 아니다. 하나님의 사람이라면 그 어떤 사역보다 능력보다 더 중요하게 받아들여야 할 것이 자신 스스로가 온전하지 않다는 것과 또한 다른 사람의 모든 일도 중요하게 받아들여야 한다는 것이다. 나만이 온전하다는 착각에서 벗어나 나의 한계 나의 부족을 전심으로 인정되는 고백이 있을 때 진정한 동역의 의식이 되살아날 것이다.

하나님의 사람으로 살아가면서 주권으로 받아들여야 할 영역은?

첫째는 사역의 과정 속에서 자신의 것만을 고집하지 말고 다양성 속

에서 수용성으로 받아들이고,

둘째는 자신의 힘으로만 해결하려는 지나친 의로움에 빠지지 말고 진정한 동역의 필요성을 인정하는 것이 주권을 받아들이는 것이 아닐까 생각된다.

결국 신앙생활이나 사역이 양극화로 갈 것이 아니라 범사에 하나님의 주권을 인정하는 삶으로 나타날 때 자신에게 평안을 느낄 것이고 주변 사람들과의 관계에서도 자유를 누릴 수 있게 될 것이다.

하나님의 말씀에 진동당하라 (히브리서 12:1-29)

우리의 가는 길에 미처 생각하지 못하는 장애물들이 너무나도 많이 자리 잡고 있지만 쉽게 넘겨버리거나 아니면 그것만은 버리지 못하겠다는 생각 속에 대부분의 사람들이 그냥 살아가고 있다. 우리가 쉽게 생각하는 부분이지만 하나님은 우리의 내면 문제가 얼마나 자신의 자녀들을 불행하게 하는 가를 알기에 우리의 힘으로 될 수 없음을 알고 그 값을 십자가를 통해 해결하셨다. 하나님께서 그만큼의 값을 지불하셨다는 것은 너무나 힘든 것이고 고통스러운 것이고 지독한 것이기에 값을 지불하신 것이다.

그중에 하나가 우리의 달려가야 할 길을 가로막고 있는 방해하는 세력들이다. 우리 인생의 장애물이 되는 문제들에 대하여 그 누구보다도 본인 자신의 인식이 있어야 하고 결단이 필요하다. 그러나 대부분의 경우 인식을 하지 못하거나 외면하거나 적당히 살아가고 있는 삶으로 하나님 앞에 나아가고 있다는 것이다. 자신에게 갈등하고 있는 부분에 대한 분명한 인식과 몸부림이 필요하다.

우리가 생각하고 있는 무거운 것은 무엇인가?

신앙생활이 무겁다고 느끼진 않는가?

교회생활이 무겁다고 느끼진 않는가?

가정생활이 무겁다고 느끼진 않는가?

현재생활이 무겁다고 느끼진 않는가?

내 안에 무겁다고 느껴지고 있는 것이 무엇인지 올바르게 분명하게 생각해 보는 시간이 정말 필요할 것이다. 그냥 무겁다고 징징거리고 살 것이 아니라 왜 무거운지, 무엇이 무거운지, 왜 이런 마음이 생기는지를 돌아봐야 할 것이다. 많은 사람들이 무거운 것에 대한 부담스러운 말만, 고통만 호소할 뿐이지 진작 무엇이 힘든 것이지 왜 힘든 것인지 알지 못하고 살고 있다.

힘들게 생각하는 이면에는 우리의 내면의 죄악과 불순종과 연결되어 있음을 조금만 묵상해 보면 쉽게 알 수 있을 것이다. 그러나 이러한 과정에 이르기까지는 그냥 되어지고 살아온 삶에 입버릇처럼 길들여진 습관에 의한 투정만 계속할 뿐이지 진정한 무거움을 해결해 보려는 마음을 가지지 않는 데서부터 비롯된다는 사실을 알지 못하고 있다.

내 안에 나를 무겁게 하는 것이 무엇인가를 새해엔 돌아보면서 가야 할 것이다. 내안에서 무겁게 생각하게 하는 것이 우리 생각의 장애물일 수도 습관의 장애물일 수도 있기 때문이다.

예수님은 "수고하고 무거운 짐진 자들에 다 내게로 오라 내가 너희를

편히 쉬게하리라"고 말씀하셨다.

그릇된 장애물이 우리를 무겁게 한다

해결하지 않고 살려는 우리의 마음, 생각, 습관이 사실 우리를 더 무겁게 하는 것이다.

이러한 것에 붙들리면 나아가야 할 길을 갈 수가 없다.

가야 할 길을 가지 못하는 것이 무거운 것이다. 내가 가야 할 길을 가지 못하게 발목을 잡고 있는 것이 무엇인지 단호히 끊어야 한다. 메이면 앞으로 나아갈 수 없다. 나아가야만 자유함이 있고 기쁨이 있고 평강이 있다.

내 안에 있는 장애물을 제거하지 못하고 있음이 나를 더 무겁게 만들고 있다는 사실을 올바르게 인식하고 단호하게 믿음의 자리로 나아와 해결해야 한다. 장애물들은 빨리 퍼진다. 그리고 쉽게 헤쳐 나오기 어렵게 만든다. 어찌해야 할 것인가 어쩌면 지금도 내 삶을 내 인생을 휘어 감고 있는 장애물을 단호하게 걷어낼 용기는 없는가.

난 어린 시절에 시골집에 살면서 집 옆에 있는 텃밭에 호박넝쿨, 잡초, 넝쿨들을 일 년에 한두 차례씩 제거해 본 기억이 있다. 때론 나무 잎사귀에 찔리기도 하고 약간의 아픔을 느끼는 상처도 생기면서 그 엉겅퀴들을 베어낸 기억들이 있다. 별로 영양가도 없고 도움도 안 되는 잡초의 엉겅퀴들이 다른 풀들이 자라지 못하게 휘어감고 있든지 억누르고 있는 것을 보았다.

다 베고 날면 얼마나 깨끗한지 모른다. 그리고 그곳에 땅을 일구어서 씨앗을 뿌려 시금치도 심고, 가지도 심고, 다른 씨앗을 뿌려 놓으면 열매를 맺어서 우리의 식단을 건강을 소중하게 보충해 준 기억이 난다. 그대로 방치해 버린다면 아무 쓸모없는 땅. 벌레만 생기고 쓸모없고 보기에도 그렇고 사람들이 다니기에도 불편만 더할 뿐이었을 것이다.

그리스도인의 삶이란 그 어떤 것도 아닌 자신 안에서부터 이런 자각과 회복을 일으켜야 한다. 자신의 삶을 관리하지 못함이 죄임을 인식해야 한다. 죄를 지어서 죄인이라기보다 죄인임을 자각하지 못하는 것이 죄일 것이다. 공동체 안에서도 마찬가지일 것이다. 신앙이 자라면서 나만의 삶이 나만의 신앙이 아니라 함께함을 생각하면서 자신을 관리하는 것이 마땅한 것이다. 이것이 그리스도를 만난 거듭난 하나님의 자녀일 것이다.

내 안에 엉겅퀴 무거운 것을 제거하지 않으면 가족, 혹은 교회 공동체의 누군가에게 그 넝쿨은 자람을 방해하게 될 것이다. 나 자신이 나를 돌아보지 않기 때문이다. 이러한 문제는 관계 안에서의 죄와 연관되어 나타나고 있음을 우리는 올바르게 인식해야 한다. 사탄의 세력들은 우리를 파괴하는 공식이 있다. 우리는 이러한 것에서 눈을 뜨고 올바르게 인식해야 한다. 사탄은 지금도 노린다. 나의 황폐함, 무거운 것에서 벗어나지 못하도록 나의 발목을 잡고 있을 것이다. 히브리서 기자는 이러한 것에서 우리가 진정한 인식이 없음을 안타까워하면서 하나님의 징계에 대하여 말씀하고 있다. 징계를 통해 우리 자신의 삶을 인식하라는 것이다. 징계가 목적이 아니다. 고통을 주는 것이 목적이 아니라 잠시 고통을 통해서 무엇이 문제 인가를 인식하라고 징계를 주는 목적이다.

징계에 불평하지 말고 징계의 목적에 주목해야 될 필요성

이러한 문제를 정리하지 못하면 그 영향력은 쓴 뿌리의 깊음으로 말미암아 하나님 자녀로서의 축복을 빼앗기고 살아갈 수밖에 없기 때문이다. 소중한 은혜를 입었으면서도 그 은혜를 은혜로 알지 못하고 쓴 뿌리의 영향력 때문에 진정한 축복을 상실해 버리는 자신을 가장 비참하게 만듦이 그 누구도 아닌 자신임을 자각해야 한다. 그리고 우리 안에 무거운 것이 어떻게 역사하고 있고 어떤 반응으로 나타나고 있으며 그 영향력은 또 얼마나 큰가를 정말 돌이켜 인식함이 없이는 불행의 행진은 끝나지 않을 것이다.

히브리서 기자는 누군가 이 말씀에 대하여 우리의 마음이 심령이 진동이 일어나길 기대하고 있다. 그 진동되는 곳에 죄악이 뽑히고 악습이 뽑히고 무거움이 뽑힐 것이다.

진동을 당하는 자가 복이 있다.

굳어진 땅 묶은 땅을 진동시켜야 한다. 그래야만 싱싱한 시금치, 가지, 오이, 고추 영양가 있는 식단이 우리를 풍성하게 해 줄 것이다.

하나님의 사람이라는 것은 다른 것이 하나님의 사람이 아니라 정말 내 안에 쓴 뿌리의 지독함을 알고 사람의 힘으로 뽑을 수 없기에 하나님의 진리 안에 진동당하는 자가 되어 쓴 뿌리를 뽑아야 할 인식을 하는 자가 하나님의 자녀일 것이다.

주여!!!!!!!!!!!!
내 영혼을 진동시켜 무거운 것, 얽매이기 쉬운 죄, 악습, 그릇된 생각, 쓴 뿌리를 뽑아지게 하옵소서.

내가 할 수 있는 것은 내 안에 이 무거운 것에 대한 인식과 성령의 진동으로 뽑혀져야 함을 사모하게 하옵소서!!!!!

영적 삼각관계를 아는 자의 고백

하나님을 알아간다는 것만큼 소중한 것이 없음을 알고 믿음의 길을 걸어야 한다. 가장 건강한 신앙으로 가는 길은 하나님을 알아 감으로써 자신을 알게 되고 자신을 아는 만큼 하나님을 신뢰하게 된다. 더 나아가 하나님과 자신을 알아가므로 인해 마귀의 세력도 알게 된다는 것이다. 신앙생활은 삼각관계의 원리를 올바르게 이해하고 출발하면 영적인 부분을 받아들이는데 훨씬 더 이해하기가 쉬울 뿐만 아니라 영적 원리를 통해 분별할 수 있게 된다.

다윗은 오늘 본문 속에서 그런 모습들을 겪고 있는 자신의 삶을 통하여 잘 보여 주고 있다. 오늘 우리 자신의 모습을 돌아보게 한다. 얼마나 하나님을 알고 있는가? 그로 인해 자신에 대하여 얼마나 알아가고 있는가하는 것이며 이것은 곧 마귀의 역사와도 밀접한 관계를 맺고 있다.

하나님을 알아감으로 알게 된 고통의 원인인 마귀의 세력과 그 영향력을 이기고 승리하기 위해 왜 하나님을 신뢰해야 하는지를 표현하고 있다.

우리가 인식을 못 하고 살아가고 있는 문제인지 아니면 무지 때문이 인식을 못 하는 것인지는 본인의 영적 상태의 문제이다. 하나님을 알아감으로 나타나게 되는 것은 나를 괴롭히는 영의 세력들의 영향력이 어떻게 오는지를 알아야 한다는 것이다. 영적 영향력이 내면에서 나오든지 아니면 외적인 영향의 공격이든지 어쨌든 알고 지내야 한다는 것이다. 그리고 그 환경 속에서 우리는 하나님의 절대적인 도움이 아니면 이겨 낼 수 없다는 신앙고백이 있어야 한다. 하나님께서 우리를 살리시고 보호해 주시고 건져주시고 인도해 주시는 하나님이심을 믿고 전적으로 그분의 도우심을 구하고 신뢰해야 한다. 우리의 삶에 일어나고 있는 일들에 대하여 이 삼각관계의 관점에서 모든 문제들을 살펴볼 필요가 있다.

내가 당하고 있는 문제에 대하여 하나님께서 해결해 주실 것이라는 믿음과 내가 받게 될 응답과 주실 분에 대한 기대를 가지고 기쁨의 마음으로 구해야 한다.

사람의 생각과 하나님의 생각이 다르다

우리는 고통을 겪는다고 말할지 모르지만 하나님의 계획은 우리의 생각과 다를 수 있다. 어떤 문제를 당하든지 순간의 아픔을 해결하기 위한 위기 모면의 생각이 아니라 이런 문제들에 대하여 하나님의 관점에서도 돌아보려는 믿음의 사고를 가지는 것이 더 중요하다. 사람의 잘못으로 생기는 문제든 하나님의 계획 가운데 생기는 문제건 문제로 인해 우리가 알지 못하는 것을 알게 하실 것이고 더 나아가 하나님의 임재와 응답을 더 구체적으로 인식하며 문제로 인해 하나님과 더 친밀함에 이를 수도 있다.

부부의 문제나, 자녀의 문제나 인간관계의 문제도 이와 같을 수 있다. 서로가 다르기에 생각도 감정도 다르기에 갈등할 수 있고, 힘들어 할 수 있다. 그러나 이러한 갈등 속에서도 그냥 쉽게 지나쳐 버리지 말고 피하려고도 하지 말고 서로의 생각과 감정을 충분이 나눈다면 내가 알지 못하고 잘못 생각하고 있었던 부분, 내가 알지 못했던 상대방의 마음과 감정에 대하여 보다 더 이해하고 자신의 잘못도 돌이키고 이로 인해 서로의 관계는 더 친밀해질 수 있는 것이다.

갈등의 문제가 서로에게 친밀함을 만드는 계기가 된다

하나님과의 관계도 마찬가지일 것이다. 이로 인해 문제도 해결되고 갈등도 처리하고 오히려 하나님의 사랑과 임재를 느끼는 관계회복이 신뢰와 기쁨으로 남게 되는 것이다.

다윗의 영성을 이런 면에서 우리에게 많은 도전을 준다.
하나님을 향한 신앙생활이 의식이나 형식을 초월하여 자신의 생활 속에서 하나님과의 관계를 회복해가는 모습이 더 깊은 관계의 영성으로 가고 있는 모습을 보여 주고 있다. 지금 내가 고민하고 갈등하고 겪고 있는 문제에 대하여 나는 어떻게 반응하고 있는가? 이런 모습 속에서 나는 하나님 앞에 어떻게 처리하면서 살아가고 있는가를 묵상해 보자.

우리가 고백해야 할 것은 오히려 하나님과의 관계에서 멀어짐으로 인해 생길 수 있는 우리의 본성적인 고통과 괴로움을 너무나도 잘 알기에 깊은 영성으로 갈 수 있는 도우심을 솔직히 고백하고 있다.

이러한 모습이 하나님을 믿는 자의 진정한 고백일 것이다.

문제에만 급급한 신앙생활이 아니라 하나님을 알아 감으로 자신의 문제를 보면 볼수록 하나님의 도우심을 구하지 않고서는 안 된다는 인식을 일깨워야 한다. 사람이 은혜 속에 있으면서 끊임없이 표출되는 것이 본성적인 사고들이다. 이러한 것에 대한 통제는 하나님의 도우심이 없이는 안 된다는 것이다.

본성적인 것은 서로에게 상처와 오해와 근심을 불러오게 한다

그렇다고 우리가 이러한 모든 현실을 탈피하고 살 수는 없는 것이다. 이러한 현실에서도 우리 자신을 돌아보며 다스릴 수 있는 것은 하나님과의 관계에서 나타나는 영력일 것이고 이러함이 배제되어 버린다면 사탄의 활동들이 더 세게 날뛸 것이다. 그러기에 자신을 아는 만큼 하나님을 온전히 신뢰하게 되고 하나님을 아는 만큼 마귀의 세력도 알게 된다는 것이다. 그러나 아무리 마귀의 세력이 날뛴다 할지라도 강도나 도둑놈보단 경찰이 더 강하다. 마찬가지로 하나님과의 관계도 이와 마찬가지다.

우리의 고민과 갈등 속에서도 우리는 하나님을 찾아 고백하고 말씀 드리고 도우심을 구할 수가 있는 것이다. 이것은 하나님께서 우리를 사랑하사 우리 위해 열어 놓으신 그야말로 문제해결의 축복 통로다. 이것은 하나님 자녀 됨의 특권이다.

우리의 삶에 어떤 문제가 닥치건, 어떤 어려움을 겪든지 그분은 우리를 구해 주시고 해결해 주시기 위해 우리를 위해 지금도 일하시고 계신다. 우리는 이 하나님의 자녀 됨에 대한 감사의 고백을 소중히 인식하고 더 나아가 영적인 고통을 당하면 당할수록 그 고통에서 동행하시는 하나님 자녀 됨의 보배로움을 알게 될 것이다. 이 승리를 외치며, 부르짖으며, 고통당하는 자에게, 해결할 길을 몰라 방황하는 영혼들에게 알도록 하게 하심이 하나님의 자녀로서 살아가는 자의 삶의 축복일 것이다.

하나님의 부르심을 잊지 말자

집사님 가정에서 기쁜 소식의 전화 통화한 내용을 아내가 말해 주었다. 집사님 아들이 학교에서 학급의 반장이 아닌 학교를 대표하는 전교 회장이 되었다는 것이다. 참 기특하기도 했고 무엇보다 집사님 부부가 흐뭇해하고 행복해할 것 같았기 때문이다. 반장의 아버지 되신 집사님은 본인의 어린 시절 학교생활을 할 때 마음은 있었겠지만 본인의 성격과 여러 가지 여건들이 맞지 않아 못 해 본 일인데 아들이 전교회장이 되었다니까 얼마나 흡족했겠는가?

내가 알기로는 반장의 아버지 되는 집사님도 얼마 전 직장에서 진급했다는 기쁜 소식을 들려주었는데 참 축복할 일이고 축하할 소식이었다. 1년 동안 최선을 다해 자기의 기량을 발휘하여 좋은 경험을 쌓아서 다음에 중학교, 고등학교, 대학생활에서도 큰 도움이 되길 기대해 본다.

우리 아들도 대학교 다닐 때 총학생회장을 했었다. 나도 학교생활에서 못해 본 일이었는데 아들이 총학생회장을 한다니까 솔직히 부담스러움도 있었고 또 한편으로는 기대도 있었다.

잘해야 되는데…

잘할 수 있을까…….

중간에 힘들다고 포기하지나 않을까……… 등등.

아무튼 아들도 1년간의 총학생회장을 잘 마무리하고 총학생회장을 통해 자신의 부족한 모습도 발견하게 되었고 리더십도 회복할 수 있는 기회였고 인간관계의 소중함도 많이 느낄 수 있는 소중한 기회였다고 했다. 중요한 것은 그 자리, 그 직책을 통해 내가 어떤 삶으로 나아가느냐가 중요한 것이다. 사람은 누구나 자리를 원하고, 높음을 원하고, 앞서기를 원하는 마음은 누구에게나 있기 마련이다. 그러나 그 자리에서 어떤 자신의 삶을 보이느냐 하는 본인의 정신 사고가 정말 중요한 것이다.

얼마 전에는 어느 지방의 군수가 부정으로 인해 외국으로 도망치려다가 발각되어 출국도 못하고 도주했다는 보도를 접한 기억이 있다. 그 사람을 믿고 선거에서 뽑아 주었던 사람과 주위 사람들, 특히 가족들과 본인 자신에게 얼마나 큰 불행이고 고통이겠는가? 사람은 누구나 자리를 원하고 높음을 원하고 앞서기를 원하지만 그다음 자리에 올라서고 난 이후에 어떻게 해야 할지의 중요함을 망각해서는 안 될 것이다. 신앙을 가진 목사로서 하나님의 자녀로서 나를 돌아봄이 나의 삶을 더 값지게 하지 않을까 생각한다. 하나님의 자녀가 되었다는 것, 목사가 되었다는 것, 엄청난 축복이고 영광이다. 이 자리에 우리를 올려놓으시기까지 하나님의 너무나도 값진 희생이 있었기 때문이다.

하나님의 자녀도 많고, 목사도, 많고, 교회도 많다. 중요한 것은 그 일반화되고 보편화되어 버린 우리의 의식 때문인지 우리를 이 자리에 오르게 하신 그분의 택하심을 부르심의 자리를 잊지 말아야 할 것이다.

전교회장이 뽑아준 학생들의 기대와 자신의 전교회장이 되었다는 부르심을 모른다면 총학생회장이 학생회장이 된 자신의 역할과 진정한 부르심을 모른다면 군수가 자신을 뽑아준 군민들의 마음과 자신의 역할을 모른다면 하나님의 자녀가 되고 교회의 직분자가 되고 목사가 된 그분의 부르심의 자리를 모른다면 뿐만 아니라 부르심의 자리를 망각하고 자신의 목적, 이익, 자신의 아집만을 고집하는 자리라면……….

그 부르심의 자리에 본인에게 어떻게 다가올지는…………
그 결과의 몫은 결국 본인에게로 돌아갈 것이다.

열왕기상 14장에 나오는 여로보암이 왕이 되었지만 왕의 신분을 모르고 왕으로 세우신 분의 부르심을 모르고 온갖 우상과 죄악에 빠져 부르심의 뜻을 알지 못하고 자신의 기분대로 자신의 욕심대로만 한다면 결코 그 모든 일에 대한 대가는 없어지는 것이 아니라 그대로 자신의 삶에 불행으로 닥치고 있음을 오늘을 살아가는 우리에게 교훈을 주고 있는 말씀이다.

시대의 삭막함을 더 깊이 구체적으로 느껴지는 현실 속에 살아가고 있는 우리의 삶이다. 자신의 부르심을 망각하고 우리의 현실이 욕구가 우리를 부르신 그분의 부르심을 잊고 살아갈 수밖에 없도록 혼란과 갈등 속에 살아가게 만들고 있다.

이럴 때일수록 그 누군가가 깨워주어야 할 것이다.

영혼을 향하여 외쳐야 할 것이다!!!!!!!!!!!!!!!!!!!

부르심을 잊지 말아야 한다고⋯⋯.
그 부르심의 목적을 혼돈하지 말라고⋯⋯.

우리의 살아가는 이 현실이 소중하기에 부르심을 잊지 말아야 한다.
부르심을 붙잡고 사는 자의 소망의 확신함이 현실의 고통과 억압 때문에 때로는 우리의 삶을 슬프게 할 때도 있을 수 있다. 사람이고 인간이기에 겪는 현실을 피할 수 없는 우리의 삶이라 느껴진다.
그러나 항상 고백하고 확신 속에 놓치지 말아야 할 것은 하나님의 사람이란 하나님의 부르심 속에 사는 삶이다. 이것이 진리이고 현실이고 정직이고 본질이기 때문이다.
현실을 이겨 낼 수 있는 믿음으로 현실에 요동치 않는 믿음으로 우리 자신을 채워야 할 것이다.

뿐만 아니라 나 자신을 그런 삶으로 회복시켜 나가야 할 것이다. 이것이 하나님의 부르심을 잊지 않고 사는 자의 본질일 것이다. 오늘 나에게 주어진 자리, 하나님의 자녀이건, 엄마, 아빠라는 자리이건, 사장이든 종업원이든 집사이건 목사이건 우리는 우리에게 주어진 인생이란 과제 앞에 나를 부르신 자의 그 부르심을 놓치지 말고 더 분명히 해야 할 것이다.

이것이 사는 길이기에……….

이것이 생명의 길이기에……….

이것이 거짓이 아니기에…………..

이것이 속지 않은 길이기에…………..

이것이 자신을 사랑하는 삶이기에……….

이것이 타인에 대한 배려이기에…………..

이것이 나를 부르신 그분의 뜻이기에…………………

글을 마무리하는 시점에서 홈피에서 흘러나오는 〈사명〉 찬양이 나의 영혼의 가슴에 잔잔히 다가온다.

의심이 많은 사람들 (야고보서 1:7-9)

어떤 사람이 무슨 큰 병에 걸리게 되었을 때 그를 혼란스럽게 하는 것이 무엇인가? 이 병원에 가라 혹은 저런 치료를 받아 보라고 하면서 옆에서 말해 주는 사람들이 너무나도 많다는 사실이다. 그래서 이 사람의 말을 듣고 이 병원에서 가서 진찰을 받다가 그다음에는 다른 사람의 말을 듣고 또 다른 병원에 가서 치료를 받다가 그다음에는 기도원에도 갔다가 잘 안 되면 한약 치료를 받다가 결국 시간을 많이 놓치는 경우가 있다.

물론 그 사람들은 도와주려는 마음에서 이야기를 하는 것이다. 그러나 환자는 자기 나름대로 믿음을 가지고 있어야 한다. 그래서 좋은 의사를 만날 수 있게 해 달라고 기도를 한 후 그 의사가 어느 정도 실력이 있고 신뢰가 갈 때 누가 뭐라고 해도 한 가지 방법으로 밀고 나가야 제대로 치료를 받을 수가 있다.

바닷가에 가 보면 그냥 바다 위에 띄워 놓은 배가 있다. 그 배는 움직이는 것 같아도 제자리걸음이다. 왜냐하면 물결에 흔들리기만 했지 일정한 방향으로 나가지 못하기 때문이다. 그러나 작은 배는 통통거리면서 일정한 방향으로 전진을 할 때 처음에는 별것 아닌 것 같지만 나중에는 굉장히 먼 거리까지 가게 된다.

마찬가지로 그리스도인들이 어려움에 처했을 때 이 사람 저 사람의 말을 듣고 이 일 저 일을 시도해 보는 것은 아무런 도움이 되지 않는다. 그때는 무엇보다 믿음의 주장을 가지는 나아가는 것이 필요하다. 여기서 믿음이라고 하는 것은 이 어려움은 하나님이 함께 하시는 어려움이며 나는 이 어려움으로 망하지 않는다는 확신이다. 그리고 어려움이 끝났을 때 나는 정금과 같이 나올 것이라는 확신이 필요하다.

우리를 길거리에서 노숙자들을 많이 보게 된다. 물론 그들이 원래부터 그렇게 노숙을 하게 된 것이 아니다. 그들도 처음에는 나름대로 직장 생활을 하거나 사업을 했을 것이다. 그런데 한번 실패한 후에는 이 일 저 일 아무리 해도 실패하는 것이었다. 결국 나중에는 완전히 자포자기하는 심정이 되어서 노숙을 하게 되는 것이다.

그런 사람에게 필요한 것은 약간의 돈이 아니다. 아마 돈을 주면 당장 술을 다 마셔 버릴 것이다. 그런 사람에게 필요한 것은 자신감이다. 내가 다시 재기할 수 있다는 자신감이다. 어려운 일을 당했을 때 우리의 믿음이 얼마나 중요한지 모른다. 주님의 말씀을 붙들지 않으면 어려움에 휩쓸려 갈 수밖에 없기 때문이다.

기도: 주여, 어떤 어려움에서 낙심하지 말게 하시고 믿음으로 굳게 서게 하소서.

하나님을 구하는 자의 삶 (시편 5:1-12)

삶이란 소중함이다. 하루하루 역사 속에 기적 속에 살아가는 삶의 소중함이다. 소중함 못지않게 수많은 문제와 갈등이 엄습하는 가운데 우리는 삶을 살아가고 있다. 그러기에 생명은 삶을 주관하는 분의 관계 안에서 이루어 가야 한다.

성경은 우리에게 인간의 두 가지 악에 대하여(렘 2:13)
첫째는 하나님을 버린 것이며
두 번째는 스스로 살아가려고 한다는 것이다.

이러한 삶 자체가 불행을 자초하고 고통 속에 살 수밖에 없는 것이다. 하나님의 자녀로 산다는 것은 최고의 축복이며 삶의 소중함을 일깨우는 것이다. 그러므로 우리는 이 하루하루의 삶의 소중함을 하나님을 구하며 사는 자가 되어야 한다. 시편의 기자는 본문을 통해 우리에게 주시는 성령의 말씀은 무엇인가?

하나님을 구하는 자의 삶의 태도를 말하고 있다(1-3)

사람의 태도는 참 중요하다 어떻게 대하며 살아갈 것인가?

자기 자신에 대한 태도, 상대에 대한 태도, 더 나아가 내가 신뢰하는 하나님에 대한 태도, 아버지와 아들 사이의 태도, 이 모든 것들은 사람과의 관계를 말하고 있다. 상대에 대한 태도는 관계를 말하고 있다. 관계가 깊을수록 진지한 태도, 구체적인 태도로 관계를 이루어 가는 것이 지극히 정상이기 때문이다.

생활 속에서 발생하는 숱한 문제들에 대하여 자신의 고통, 괴로움, 아픔을 있는 그대로 정직하게 표현해 주길 하나님은 원하시고 계신다. 그리고 하나님을 구하는 자의 삶의 태도는 이런 관계를 이루어가야 된다. 우리는 얼마나 하나님께 진지한 모습으로 솔직한 감정을 표현하고 살고 있는가?

만약 그렇지 못하다면 나는 왜 못하고 있는지?

해야 되는 줄 알면서 망설이고 있는 부분은 무엇 때문일까?

자신의 내면을 한번 조명해 보는 시간이 필요하지 않을까?

하나님을 신뢰한다면 그분과의 관계 역시 진지한 태도로 나눔이 있어야 되지 않을까? 오늘 내가 하나님께 고백하면 부르짖음을 무엇으로 내어놓을 수 있을까?

하나님을 구하는 자의 삶에 대한 관계성을 말하고 있다(4-6, 9-10)

하나님을 구하는 자의 삶의 관계성이라는 것은 정직한 관계 깨끗한 관계이다. 사람과 사람 사이에 가장 소중하게 대해야 할 것이 정직이다. 상대를 정직하게 대해 주는 것이 상대에 대한 가장 존중하는 표현일 것이다.

하나님을 구하면서 정직히 대하지 않는다면 하나님과의 관계성에 문제가 있다는 것을 인식해야 할 것이다. 그런데 아쉽게도 우리에겐 이런 의식이 소멸되고 있다는 것이다. 현실이란, 세상이라는 사고 안에서 신앙과 삶이 다른 이원론의 사고가 우리를 지배하고 있기 때문이 아닐까 생각한다.

하나님의 사람은 이런 모습이 아니다. 지금 현실이 정직을 상실하고 살아가고 있는 모습일지라도 하나님은 기다리고 계신다. 진리에서 벗어난 우리의 상태를 알기에 지속적으로 진리를 통해 부르시고 자신의 자리로 돌아오길 기다리고 계신 것이다.

하나님은 택한 자녀들에게 기대하고 계신다.
너희가 정직을 상실하지 않기 위해 너희의 삶을 통해 진리를 보여 주라는 것이다.
우리 신앙의 모든 것은 관계성에서 나타나야 한다. 정직과 진리로 표현되어야 한다. 신앙을 가지고 있으면서 사람에게 정직하게 대하지 않는 것은 곧 하나님을 올바르게 대하지 않는 것과 다를 바가 없다.

하나님을 섬김은 단순한 우리의 논리에서 만들어 낸 예배에만 있는 것이 아니다. 하나님은 예배가 우리의 관계성에서 나타나길 원하고 계신다. 내 가정, 직장, 교회, 이웃, 친구, 모든 관계되는 사람과 이루어야 할 모습은 무엇인가? 어쩌면 내 옆에 있는 영혼은 내가 정직하게 섬겨야 할 대상은 아닐까?

자신을 사랑하는 삶이란 자신의 삶을 올바르게 세워 가는 삶이 되어야 한다. 그러나 실상은 우리의 삶은 그러지 못하다. 내가 나를 사랑하기보다는 내가 나를 방치하든지, 아니면 죄악의 굴레에 나 자신을 내던지고 있는 것은 아닌가 내가 지금 어디에 있는지 나를 건져 내어야 할 것이다.

주님을 구하는 자의 삶이란 전직인 신뢰

삶은 우리의 몫이다. 이것이 우리에게 주신 자유의지다. 하나님은 우리가 로보트처럼 사는 자가 되는 것을 원하는 분이 아니시다. 하나님의 사랑을 깨닫고 그 사랑을 전직으로 신뢰하며 그 사랑 때문에 우리가 그렇게 살고 싶어지는 삶이다.

우리 주위엔 너무나도 왜곡된 복음이 사람들을 미혹케 하든지 속이고 있다. 억지로가 아니고 부득불이 아니다. 그 사랑을 깨달으면 그렇게 살고 싶어진다. 자유의지는 이런 것이다. 나의 자유의지로 그렇게 하고 싶은 것이다. 이러한 것은 그분의 사랑에 의해 움직여지는 마음이다. 그 사랑이 나를 지배하기에 그 사랑에 이끌려서 살고 싶은 것이지, 그분의 요구가 아니고 명령이 아니다.

세상과 달리 사는 것 같은 그리스도인 같지만 요즘처럼 더 냉정하고 순수성이 사라져 버린 시대에 어떻게 그렇게 살 수 있느냐고 그리스도인들조차 이런 말을 하는 시대다. 이런 문제는 지금 세상이 우리에게 주는 소유와 욕심으로 인한 불안심리 때문이다. 이대로 살다간 내 인생이 어떻게 되는 것 아닌가하는 불안심리가 밑바탕에 자리 잡고 있기 때문일 것이다. 우리가 이러한 현실 속에 있을지라도 하나님에 대한 우리의 신뢰가 무너져선 안 된다.

어둠의 세력은 우리의 현실을 통해 믿음을 무너뜨리고 더 나아가 하나님의 자녀로서의 부르심의 삶을 망각하게 만들고 있다. 이 어둠의 세력들은 우리의 약함을 너무나 잘 알고 있다. 쉽게 건드리면 무너지는 우리의 약함을……….

이것이 지금 우리의 현실이라는 것이다.

우리가 하나님을 신뢰하는 믿음이 필요하다.

교회는 이러한 자를 세워주고 격려하며 우리의 믿음을 견고케 해야 한다. 그렇지 않으면 이것도 아니고 저것도 아닌 꼴이 되고 말 것이다.

세상이 이럴수록 우리의 위치, 신분, 부르심을 굳게 해야 한다. 역할을 감당하는 곳에 하나님의 인도하심, 보호하심, 지키심도 함께 하신다.

세상이 어두워질수록 빛은 밝게 비추이게 되어 있다.

어둠에 빠져가는 세상을 보면서 우리가 비추어야 할 게 빛이 아닌가 생각한다. 빛이 어둠에 묻히는 것이 아니라 세상이 어두우면 빛은 더 찬란하게 빛나는 것이 아닌가? 그런데 어찌된 일인지 빛이 어둠에 묻혀 버린 느낌이다. 아니 빛이 어둠을 더 좋아하고 있는 모습처럼 느껴지는 시대를 살고 있다는 생각도 든다.

왜 하나님을 믿는가? 왜 예배를 드리는가?

빛을 더 강하게 비출 수 있는 자의 삶이 필요한 시대다.

현실의 고통과 어둠에 눌려 있고 위협당하는 것이 그리스도인의 삶은 아니다.

문제는 그분께 내어놓고 나의 삶의 본질을 찾자. 그리고 그분을 구하며 기대하자.

오늘의 나의 삶이 그래서 중요한 것이다. 이 작은 나의 삶이 하나님의 뜻을 실현하는 현장이 오늘이다. 이것이 축복이다.

주 예수의 이름이 영광을 얻으시도록 (데살로니가 후서 1:1-12)

낭만적인 낙엽의 가을을 지나 초겨울의 찬 바람이 아침저녁 우리의 몸을 움츠러들게 만들기 때문인지 따뜻한 곳을 찾아 모여들기도 하고 따뜻함을 그리워지는 계절이다.

환경의 따뜻함도 그리워하는데 마음의 따뜻함을 가진 사람들이 더 그리워지는 요즘이다. 갈수록 쇠퇴해져 가고 식어 가는 우리 시대에 신앙의 따뜻함을 가진 사람들이 있다면 그 한 사람의 영향력은 식어 가는 신앙생활에 많은 사람들에게 따뜻함을 주는 불씨가 될 것이다.

어제는 마침 휴일이고 목사님들과의 모임도 있고 해서 일찍 나와서 남는 시간에 산행을 하고 있던 중 한 통의 전화를 받았다. 이전에 교회에 치유와 양육의 도움을 필요로 느껴 다녀간 내담자였다. 자신의 주어진 영적 생활에 최선을 다하면서 주위에 고통당하는 자들과 어둠에 갇혀 있는 영혼들에게 따뜻함을 전하기 위해 기도하며 하나님의 인도하심과 사랑을 실천하고 계시는 집사님의 전화를 받고 그 모습에 가슴 뭉클함을 느꼈다. 생명 있는 믿음의 실천 때문인지는 몰라도 그래도 하나님의 뜻을 구하며 은혜를 감사하며 이제는 그 안에서 사는 삶의 소중함을 인식하며 살아가는 믿음의 마음이 산행을 하고 있는 내 마음을 더 뭉클하게 한 것 같다.

이 시대를 보면서 마침 세상의 모습을 보는 것과 흡사하다. 삶의 질의 윤택과 빈익빈 부익부, 양극화 현상이 세상에서 나타나는 것처럼 신앙도, 우리의 믿음도 양극화 현상으로 나타나고 있는 것을 실감나게 느끼면서 정말 정신 차려야 할 때라고 뼛속 깊이 느끼게 된다.

그러나 분명한 것은 진리는 승리케 한다는 것이다.

누가 뭐라 할지라도 진리는 승리한다는 것이다. 아버지의 뜻이기에 그렇다. 그러기에 우리는 더욱더 정신을 차리고 깨어 있어야 한다. 그렇지 않음이 안타까울 따름이다. 바울은 데살로니가후서 1장을 통해 우리에게 더욱더 믿음의 사람다운 확증을 가지고 소망을 붙잡고 승리해야 할 것을 권면하고 위로하고 있다.

지금 우리가 당하는 여러 가지 어려움과 고난, 핍박을 통해 믿음이 자라고 있다는 것이다.

믿음은 연단의 과정 없이는 바른 믿음이 될 수 없다

단련된 믿음, 그래서 믿음에 대하여 "금보다 귀한 믿음은 참 보배 되도다"라는 찬양도 있다. 다시 말해 불순물이 제거된 것을 말하는 게 아닌가 싶다. 사실 나 자신을 깊이 있게 조명해 보지 않았을 뿐이지 그 어떤 것보다 내 마음속에 얼마나 많은 불순물이 자리 잡고 있다는 것을 아는 것만으로도 올바른 믿음의 길을 갈 수 있을 것이다. 한 해가 이제 얼마 남지 않았다. 해마다 반복해서 경험하는 우리의 다짐이고 각오다.

나 자신의 불순물을 발견하고 제거하는 일이 지금 해야 될 일이 아닌가 싶다. 이미 하나님은 우리에게 새로운 시간과 기회를 준비해 놓고 계신다. 이 시간과 기회는 자신 내면의 불순물을 제거하고 맞이하는 사람에게 진정한 축복의 시간과 기회가 될 것이다.

시간에 쫓기고 환경에 쫓기고 자신의 마음에 쫓기고 다른 사람들과의 눈치에서 쫓기는 인생으로 살지 말고 자신에 대하여 하나님에 대하여 이웃에 대하여 따뜻한 삶으로 살기 위해서라도 우리는 우리 안에 불순물을 제거하는 작업이 시작될 때 믿음의 자람이 있을 것이고 그 자람은 주위에 따뜻한 햇살처럼 퍼져 나갈 것이다.

이것이 공동체에 대한 바람이고 우리 지체들에 대한 바람이고 나 자신에 대한 바람이다. 그러기에 12월은 더없이 소중하고 축복된 달이다. 새로운 준비를 위해 기대하는 달이기에 값지고 소중한 달이다.

우리의 준비는 헛되지 않은 값진 것임을 인식함이 중요하다

하나님의 부르심 앞에 사는 자로서 당연히 믿음으로 사는 것 자체가 고난일 수도 있다. 존 번연의 '우리가 믿음으로 살려고 하면 할수록 그 자체가 주위에 공격의 대상일 수 있고 핍박의 대상일 수 있다'는 고백처럼 우리는 하나님 앞에서 우리 자신을 보지 않으면 항상 요동할 수밖에 없다. 그러기에 하나님의 약속에 대한 굳건한 확신을 항상 주장하면서 살아야 한다.

우리가 핍박을 당하면 핍박을 한 사람에게 하나님은 갚으신다. 모든 보상과 갚음은 하나님께서 해 주신다.

우리에게 오는 시험과 핍박과 고난은 때론 힘들어하고 거부하고 싶을 때도 있지만 이것이 하나님 자녀라는 증표이고 이것은 헛되지 않은 것이다.

오히려 믿음의 시각을 가진 사람이라면 이것을 가장 값진 보배로 볼 수 있는 믿음의 고백이 있어야 될 것이다. 단지 우리의 마음이 현실과 환경에 묻혀 있기에 이렇게 표현 못 할 뿐이지 하나님의 은혜 속에 있는 자라면 고난 속에서 핍박 속에서 시험 속에서도 하나님의 은혜에 대하여 오히려 감사의 눈물을 흘릴 것이다.

신앙생활을 하면서 누구나 다 이런 경험은 한두 번쯤은 경험하는 것 같다. 주체할 수 없는 그분의 은혜에 압도되어 주체할 수 없는 고백과 회개 속에 기쁨의 감동을 주시는 그분께, 나의 나 됨을 발견하고 나를 택하여 주시고 불러주시고, 고난 속에 시련 속에 있게 하신 것도 그분의 헤아릴 수 없는 은혜임을………．

이런 믿음의 마음이 식어져가고 있음이 안타까울 따름이다.

굳어진 마음, 닫힌 마음, 완악한 마음, 교만한 마음, 이기주의적 마음, 비판적 마음, 타락된 마음, 무감해져 버린 마음, 무책임한 마음.

무엇이 우리를 이렇게 만들고 있는 것일까?

12월을 그냥 보낸다면 그것 또한 자신에 대하여 주위에 대하여 공동체에 대하여 무책임한 마음일 것이다. 이대로는 새로운 한해를 맞이해서는 안 된다는 각오와 결단과 자기 고백이 그 어느 때보다도 필요한 때이다. 이러한 고백과 직면이 자신을 누구보다도 사랑하는 위치에 올려놓게 되는 것이다.

믿음의 길을 가면서 외로움과 고독함도 느낄 때가 있다. 그런 중에서도 주님의 약속을 굳건히 붙잡고 나의 삶을 통해 인격을 통해 주 예수 그리스도의 이름이 영광을 받으시도록 하는 이것이 나의 행복이고 하나님의 기쁨일 것이다.

하나님께 영광 돌리는 가장 값진 방법은 내가 하나님의 뜻을 좇아가는 행복함일 것이고 이것은 하나님께도 참된 영광을 돌리게 되는 기쁨일 것이다. 주어질 한 해를 기대하며 나의 삶에 하나님의 역사하심이 이루어질 수 있도록 준비하는 삶이 하나님께 영광 돌리게 되는 것이다. 하나님은 지금도 나의 삶을 우리의 삶을 기대하신다. 그리고 나를 통해 우리를 통해 하나님의 이름이 영광 받으시길 원하신다.

그 역시 하나님의 자녀답게 부르심에 합당한 삶을 살아가는 기쁨일 것이다. 주님 때문에 주님의 뜻을 따르면서 고난이 오고 아픔이 올지라도 하나님은 공의의 하나님이시다. 우리의 모든 고난과 아픔이 헛되지 아니하도록 갚아주시고 위로해 주실 분이기 때문이다.

그러므로 그 부르심에 합당하게 살아갈 나 자신이기에 우리 자신이기에 지금, 아니 오늘의 삶이 중요한 것이다. 오늘이 중요한 것은 나에게 주어진 시간이고 기회이기에 주 예수 그리스도의 이름이 영광을 얻으시도록 나에게 주신 축복이기 때문이다.

그러기에 새로운 한 해를 기대하며 오늘의 희망을 기쁨을 주님 앞에 고백해 본다.

7부

일상에서
빛과 기쁨을
뿌려라

나의 마음을 고백하십니까?

인간은 연약한 존재이다. 누구나 약함이 있다. 그리고 그 약함을 자신 스스로 잘 알고 있다.

그 약함은 또한 그대로 두어서는 안 될 부분이다. 하나님 앞에 나아와 처리할 때 약함으로 인해 오히려 하나님과 더 건강하고 튼튼한 관계를 유지할 수 있지만 약함을 버려둔다면 하나님과 점점 더 멀어지고 결국은 우리의 심령상태도 오히려 더 무감각해져서 영적 고갈 상태를 맞이할 수 있다는 생각도 해야 한다.

다윗이 하나님으로부터 "내 마음에 합한 자"라고 인정받을 수 있었던 것들도 돌이켜 보면 비록 자신은 연약한 모순이 있고 부족할지라도 그로인해 자신의 당하고 느끼고 있는 마음의 고통을 외면하지 않고 감추지 않고 피하려고 하지 않았다는 것에 주목해 볼 필요가 있다.

이런 의미에서 본다면 인간은 비록 약함이 있을지라도 그 약함을 인정하고 고백함으로 말미암아 진정한 회개에 이른다면 그 회개 자체가 자신에게는 축복의 통로가 될 것이고 하나님에게는 기쁨이 될 것이다.

오늘 본문에서 다윗이 하나님 앞에 자신을 고백하는 모습을 통해 보여 주는 교훈은?

1. 자신의 고통스러운 모습을 하나님을 인식하며 고백하고 있다는 것이다.

사람에게는 연약함이나 부족한 것은 감추려는 습성이 있다. 이것이 몸에 배어 버리면 아예 무감각 상태가 되어 쉽게 지나쳐 버리든지 직면하는 게 힘들어 그냥 덮어두고 사는 게 다반사다. 그러나 이러한 문제는 살아가면서 계속적으로 여러 면에서 나타나게 된다. 우리 옛날 속담에 호미로 막을 것 가래로 막는다는 말이 있다.

예배를 통해 우리가 새롭게 정리해야 될 것은

첫째: 하나님 앞에 자신을 조명하는 시간이다.

하나님 앞에 고백해야 될 나의 연약함이 무엇인가?

이것을 직면하며 하나님 앞에 솔직하게 고민을 털어놓아야 할 것이 무엇인지를 발견하는 것이 진정한 예배자의 자세일 것이다. 그리고 이러한 자신의 발견된 모습은 그냥 덮어두거나 방치할 것이 아니라 이 연약함을 가지고 하나님 앞에 나아가는 기도생활로 이어져야 되는 것이다.

우리 인간의 본성인지 연약함인지 모르겠지만 우린 성장과정에서부터 자신의 잘못이나 연약함을 표현하는 일에 익숙지 않는 문화 속에 살아왔다. 이러한 우리의 문제는 부모와의 관계에서도 연결된다. 잘못한 것 말했다가 오히려 야단맞고 심하면 체벌까지 당해야 했다. 이런 환경과 관계 속에 살아온 우리가 쉽게 고백되지 않는 것은 당연하다. 그래서 그냥 덮어두고 사는 게 대부분의 삶일 것이다.

우리의 부모님 특히 아버지는 그렇게 하였을지라도 그 아버지의 왜곡에 길들여져 하나님 아버지를 오해해서는 안 될 것이다. 하나님께서 가장 기뻐하는 것이 하나 있다. 애통하며 회개하는 자를 기뻐하시며. 상한 심령을 토하는 것을 기뻐 받으시며 그래서 하나님은 탕자가 돌아왔을 때 오히려 기뻐하시며 반겨 맞으시며 잔치를 베풀어 주셨다. 왜곡된 사고는 또 다른 삶을 만든다. 이것이 불행이고 고통이다.

우리는 무엇을 하나님 앞에 마음을 토하며 하나님의 긍휼을 구할 것인가? 지금도 두 팔을 벌려 우리를 기다리시는 하나님의 임재를 느껴보자. 기쁨이 되시는 아버지께로 달려가려는 우리의 마음을 열자 진정 그분을 나의 아버지로 고백하고 싶다면, 무서운 아버지가 아니라 사랑의 아버지, 나의 연약함, 부족함을 보고 안타까워하시는 아버지이시다.

이분이 나의 아버지이시다. 비록 나의 모습, 추하고, 악하고, 타락하고, 범죄하고, 무지할지라도 이것을 느끼게 하는 것이 예배이고 고백하는 것은 우리에게 주신 자유의지다.

하나님을 예배하는 곳에는 진정한 회개와 돌이킴의 결단이 필요하다. 이것이 하나님을 영화롭게 하는 것이다.

다윗은 하나님 앞에 자신의 심령의 깊은 아픔을 고백하고 있다.
그리고 하나님의 구원을 호소하고 있다. 자신의 삶이 더 비참한 고통에 이르지 아니하도록 또 그 고통으로 인해 인간의 본성에 치우치지 아니하도록 자신의 영혼을 상태를 너무나도 구체적으로 느끼는 그대로를 표현하고 있다.

이러함을 느낄 수 있고 고백할 수 있는 것이 신앙이다.
우리는 외형적인 일에는 아주 열심인데 자신의 심령을 돌아보며 고백하는 일에는 부족함이 많다. 하나님은 심령의 소리를 듣기를 원하신다. 그 심령의 소리가 하나님께 상달되는 것이고 교통하는 길이다. 하나님은 자신의 내면을 보면서 심령의 고백하는 소리를 찾으신고 도우신다.

사람은 겉으로 아무 문제 없는 것처럼 활동하며 살아가고 있지만 조금 더 가까이 대화를 해 보면 내면의 고통의 아픔들이 드러나기 시작한다. 어쩌면 나의 내면의 고통으로 인해 하나님을 만나는 길이 아닌가 생각도 든다. 하나님을 나의 가장 위로의 하나님, 긍휼의 하나님, 사랑의 하나님으로 느낄 수 있는 시간이 바로 이때가 아닌가 싶다. 이런 마음 가운데 만나 주시고 싸매어 주시고 위로해 주신다.

둘째: 다윗은 자신의 삶의 배후에 역사하는 영의 실체를 분명히 인식

하고 있었다.

자신의 삶이 영의 세력들에 의해 지배를 당하고 그로 인해 정신, 마음, 육체가 곤핍해지며 고통 속에 있는 것을 인식하고 있었다.

이것이 우리가 당하고 있는 현실이다. 어둠의 영의 실체는 끊임없이 우리를 갈등과 고민과 혼란과 괴로움에 빠뜨린다. 이런 일들을 하고 그 놈들은 쾌재를 부를 것이다. 우리는 이러한 영의 실체를 알고 이러한 환경 속에서 머물러서는 아니 된다.

믿음생활에는 항상 시험이 따라온다. 시험은 고통이 아니다. 시험을 생각하는 태도가 중요하다. 하나님은 시험을 통해 우리의 믿음을 성장시켜 가는 교육방법으로 사용하신다.

이럴 때 하나님 주권 앞에 나아와 믿음으로 고백하며 시험의 고통을 하나님께 고하는 자는 하나님과 더 깊은 사랑과 위로를 느끼며 더 깊은 관계를 형성해 가지만 시험이 오면 오히려 피하고 시험에 더 빠져들면, 육신적, 정신적, 영적, 사회적으로 나타나는 반응은 온갖 괴로움과 고통뿐이다. 이것은 우리에게 아무런 도움이 안 된다.

사람이 살면서 사람과의 관계에서도 다툼이나 오해로 인해 시험이 온다. 이럴 때 서로 마음을 나누고 각자의 생각을 표현하고 서로가 충분한 대화를 나눌 때 서로가 이해하지 못했던 것, 나의 생각이 잘못되었던 것, 등 이런 오해들이 서로 풀어지면서 서로를 더 깊이 알아가는 친숙한 신뢰 관계로 발전하는 계기가 되는 것이다.

함께 살아가면서 싸우는 사람들 중에 대화하지 않고 마음 문 닫고 살면 자신도 고통스러울 뿐만 아니라 다른 사람에게도 그 영향은 나타난다. 왜 이런 어리석은 일을 누가 택하고 살아가는가. 바로 자기 자신이다.

이처럼 우리는 하나님 앞에 나아와 나의 섭섭함, 괴로움, 내 힘으로 안 되는 것들을 마음에 간직하지만 말고 하나님 앞에 깊이 고백해야 한다. 마음 문 닫고, 대화하지 않고 살면, 그 심령은 오해와 불신과 괴로움과 속상함으로 육신의 질병까지 불러들이게 된다. 이러한 과정을 통해 사탄은 우리를 멸망에 이르게 한다.

이런 자신의 모습을 보았던 다윗은 하나님의 도우심을 간절히 사모하고 있다. 나의 기도로 인해 나를 지배하고 괴롭히려던 어둠의 세력들이 고통을 느끼며 두려워하고 떠나가도록 간구해야 한다.

영적 사역을 하면서 느끼는 사실이지만 실제로는 많은 사람들의 영의 실체를 너무 모르고 있다는 사실이다. 정말 우리 자신이 하나님 앞에 마음을 토하고 하나님의 긍휼을 구하기만 하여도 어둠의 영은 세력들은 견디지 못하고 떠나게 되어 있다.

이것은 하나님의 자녀인 우리에게 주신 하나님 자녀로서의 특권이고 권세이다.

문제는 우리가 이것을 특별하다는 것으로 사용하려는 것이 문제다. 특별한 것이 아니고 당연한 것이다. 이런 경험을 구체적으로 깊이 있게 해 간다면 어둠의 영의 실체에 대하여 두려워하지 않고 담대히 맞서서 물리칠 수 있을 것이다.

가령 우리 심령의 불안, 고통, 염려, 근심, 이런 마음들도 기도할 때 사라지고 평안으로 다가온다. 생활 속에서 꾸준히 승리하는 경험을 익숙시켜 가야 한다. 이런 경험은 패배자의 신앙이 아니라 승리자의 삶으로 회복시키시며 예수 그리스도의 권세와 하나님의 자녀가 되게 하심에 더욱 감사케 된다.

이처럼 우리 배후에 역사하는 영들의 세력에 대하여 순간순간, 아니면 특별한 일들 속에 역사하는 영들의 실체를 올바르게 알고 대적하는 자세가 필요하다.

생각을 지배하고 감정을 지배하고 정신을 지배하는 세력으로 인해 삶이 무기력해지고 정신이 무기력해져서 기쁨도 상실하고 만사에 의욕을 상실케 된다. 무슨 바이러스 마취 주사를 맞은 사람과 같다. 백신으로 치료해야 할 것이다.

오히려 영의 실체를 대적하고 승리하여 하나님의 축복을 기대하는 자로 살아야 한다. 믿음을 성장시키며 역사하시는 하나님을 기대해야 한다.

이유 없는 시험은 없다. 지금은 내가 잘 모를지라도 나에게 알맞게 시험을 주시는 하나님의 계획하심이 있다. 이것 또한 우리를 향한 하나님의 인도하심으로 생각하고 그분의 음성에 귀를 기울이려는 자세가 필요하다.

이로 인해 하나님의 뜻을 발견케 될 것이고 하나님과의 관계를 깊게 할 것이다. 우리는 생각지 못할지라도 하나님은 그 계획 가운데 다가오시기도 하신다.

왜냐면! 우리를 너무도 사랑하시기에.

거짓에 속지 말고!!!!!!
무엇이 참(진리)인지를 알고 행복하게 살아라는 것이다.
다윗은 이로 인해 하나님을 삶 속에서 체험하는 하나님!
나의 힘이 되신 하나님 되심을 무수히 고백하고 있는 것이다.

나에게 준 시험을 통해 영의 실체도 인식하고 하나님을 향해 더 구체적인 관계로 형성해 가는 소중한 주님의 음성을 들을 수 있기를 기도한다.

자신을 정비하는 인생 (시편 94:1-23)

　뜨거운 여름 햇볕이 사람들을 시원한 바다로 계곡으로 수영장으로 마음과 발걸음을 재촉하고 있는 하루하루다. 지난 아침 새벽기도를 끝내고 아내와 같이 한강 산책길에 올랐다. 상쾌한 아침 강바람을 맞으며 한참을 걷고 있는데 불어오는 강바람에 함께 섞여서 나는 고약한 악취 때문에 다른 길을 돌아서 산책을 해야 했다. 그 악취의 원인은 지난밤 한강을 다녀간 사람들이 남기고간 음식물 쓰레기에서 나는 냄새였다.

　저녁시간 9시 뉴스를 보고 있는데 시원한 경포대 해수욕장의 파도치는 장면이 나오는 가 싶더니 역시, 사람들이 남기고간 쓰레기와 그 쓰레기에서 나는 악취 때문에 모처럼 일 년에 한 번 휴가를 내어 찾아오는 사람들에게 적잖은 불편함을 겪게 만들고 있다는 보도였다. 물론 어제 오늘의 이야기가 아닌 듯싶다. 왜 사람은 사람과의 관계 안에서 행복과 평안을 누릴 수 있는 성숙한 모습들이 나타나지 않을까? 오직 자신만 생각하고 남을 전혀 생각지 않는 마음들은 무슨 아픔에서 나오는 행동들일까? 이러한 행동들은 결국 혼자 사는 세상이 아니기에 다른 사람에게 불쾌감을 주고 더 나아가 심할 경우 고통도 불행도 초래할 수 있다는 인식이 필요한데도 전혀 관심 없이 사는 세상 같아서 안타까울 뿐이다.

누구나 피서를 갈 때 자신의 외모나 옷차림, 머리, 얼굴 치장은 최대한 모양을 내고 갈 텐데 정말 중요한 것은 어떻게 행동해야 될 자신의 마음을 돌아보지 않기 때문이 아닌가 싶다. 마치 휴가를 떠나는 차량이 세차만 하고 정비는 안하고 출발하는 차량과 같지 않을까 싶다. 그래서 가다가 그렇지 않아도 차가 막히는데 정비불량으로 고장까지 나버린다면 다른 사람에게 주는 피해는 그야말로 더운 여름에 더 열받는 일일 것이다.

차량의 정비는 물론이고 자신의 내면의 정비는 더 중요하다

이런 정비불량은 다른 사람의 마음에도 고통을 줄 뿐만 아니라 관계에 불행과 불쾌감으로 나타날 수밖에 없다. 오늘 시편의 기자는 본문에 나타난 표현의 모습 속에서 정비되지 않은 인생과의 관계 속에서 나타나는 고통의 호소와 더불어 하나님과의 관계를 인식하는 자신의 신앙의 고백을 표현하고 있다.

사람이 살아가는 데 있어 마음의 평안과 관계의 평안을 누리는 것만큼 행복함도 없을 것이다. 이러한 문제는 자신의 문제이고 관계의 문제에서 오는 것이기에 혼자의 힘만으로는 해결할 수 있는 일은 아니다. 왜냐면 사람은 누구나 관계를 떠나서는 살 수 없기 때문이다. 부부 관계, 부모자식 간의 관계, 사람과의 관계, 지도자와의 관계 등 우리는 수많은 관계를 떠나서는 인생을 생각할 수 없기 때문이다. 관계는 사람에게 행복을 안겨주기도 한다. 어느 한 사람 때문에 그 모임이 기뻐하며 평안한 분위기도 가지지만 또 한 사람 때문에 불행과 고통의 아픔을 겪기도 한다. 이러한 관계의 소중함은 인생을 살아가는 데 너무나도 중요함을 말할 필요가 없을 것이다. 그러나 관계의 소중함을 인식하는 삶이라면 그 무엇보다도 자신을 돌아보는 성숙함이 주어질 때 그 관계는 행복함으로 나타나게 될 것이다.

사람과의 관계를 생각지 않는 사람일수록 자신을 살피지 않는다

그리고 상대에 대해서는 부정적인 모습으로 반응하고 있다. 올바르게 자신을 살핀다면 상대를 부정적으로 볼 수 없을 것이다. 자신의 연약함을 인식한다면 상대에 대해서 판단이나, 정죄를 할 수 없는 것이다. 평안한 관계를 원한다면 일차적으로 자신을 살피며 성숙해 가는 만큼 중요한 것은 없다. 그러나 원리론적으로는 인식할지 모르지만 어떻게 살피는지 무엇이 문제를 가져오는지 자신을 돌아볼 시간도 없이 바쁘게 살아가는 것이 오늘날 우리들의 가장 안타까운 모습이 아닐까 생각이 된다.

하루에도 수많은 관계 속에 살아가야 되는 현실을 피할 수 없는데 정작 이러한 관계를 위해 자신을 돌아보지 않는다는 것 자체가 관계의 불편함을 가져 오지 않을까 생각된다. 삶의 근원이 어디에서부터 시작되고 있는지를 시편 기자는 우리에게 교훈하고 있다. 하나님을 인식하지 않는 자의 삶에서 관계 파괴가 이루어지고 있음을 보여 주고 있다.

죄의 세력은 주는 사람이나 받는 사람에게 불행이나 고통으로 나타난다. 이 죄의 세력은 결국 하나님을 인식하지 않는 자의 삶에서 흘러 나올 수밖에 없는 것이다. 하나님을 인식하지 않고 산다면 우리의 관계 속에서는 불행이 고통이 올 수밖에 없다는 뜻이다. 이러한 인식이 우리에게 생겨나지 않는다면 우리 역시 인식하지 못하는 삶 가운데서 죄악을 행하고 있을 뿐만 아니라 그 누구도 아닌 자기 자신이 서서히 고통으로 파멸로 몰아가게 될 것이다. 이처럼 어둠의 세력들은 우리가 인식하지 못하는 가운데 죄악을 행하게 만들고 회개의 필요성도 못 느끼게 하며 자신의 영혼이 점점 완악해지든지 무감각한 모습으로 나타나게 만들고 있다.

자동차를 운전하고 다니는 사람이 가장 우선적으로 관심을 가지고 돌아봐야 할 영역은 자신이 타고 다니는 차에 대한 정비일 것이다. 자신이 타고 다니는 차는 정비하지 아니하고 다른 차의 흠집이나, 모양이나 신경을 쓰고 다니는 사람은 없을 것이다.

모든 운전자들은 자신의 차량에 대한 정비는 성실히 행하고 있다. 그러기에 수많은 차들이 도로에 굴러다녀도 별 탈 없이 불편 없이 다닌다. 간혹 이런 모습을 발견하게 된다. 정비를 평소에 하지 않는 차량이나, 정비의 필요를 느끼지 못한 길가에 고장 난 차들을 보면 그 차량 하나로 인해 얼마나 많은 자동차들이 정체 현상이 생겨 불편을 겪는지 정체의 고통을 느껴본 사람들은 인식할 것이다.

그런 모습을 보면서 자신의 자동차 정비에 더욱 힘을 쏟아야 할 것이다.

이처럼 자신의 차량을 정비하는 것은 자신의 활동뿐만 아니라 다른 사람의 활동에 불편을 주지 않을 수 있다는 것이다. 그렇다면 우리가 타고 다니는 자동차도 이렇게 정비를 해야 한다는 것을 인식한다면 우리 자신 스스로를 정비해야 하는 것은 두말할 필요도 없지 않은가 싶다. 정작 자신을 정비하지 않기 때문에 다른 사람이 불편을 겪을 수밖에 없음을 인식하고 우리는 무엇보다도 자신을 정비하는 일에 우선순위를 두고 살아야 할 것이다.

이것은 두말할 필요도 없이 자신의 행복을 위한 길이요 관계의 회복을 위한 축복의 삶일 것이다.

나의 하나님 되시기에 (시편 22:1-31)

누구나 마찬가지겠지만 사람은 아픔을 당하는 만큼 고통을 당하는 만큼 신음하게 된다.

아픔과 고통 속에서 누구를 의지하고 누구를 찾아서 나의 고통과 아픔을 말할 수 있겠는가.

사방을 둘러봐도 내 사정을 누가 알아주겠는가? 오직 눈을 뜨나, 길을 걸으나 주님 앞에 앉으나 나올 수 있는 소리는 신음소리 밖에 없을 것이다. 오직 여호와를 의뢰하며 밤을 새며 부르짖어도 응답 없는 고통 속에서 나오는 절교이다. 답답한 그 마음을 가눌 길 없고 주변 사방을 둘러봐도 어느 하나 도움이 되는 것이 없다.

오히려 고통스럽게 하고 비웃고, 조롱하는 세력들을 보면서 얼마나 환경의 억압을 받고 괴로움을 당하고 있는지를 그대로 표현해 주고 있다. 그리고 하나님이 아니면 해결자가 없음을 간절히 고백하고 있다. 하나님으로 인해 회복되길 간절히 갈망하는 마음의 고백과 더불어 이루어주실 하나님을 기대하는 마음의 고백을 하고 있다.

오늘 이러한 말씀을 접하면서 다윗이 왜 하나님과 밀접한 교통을 이루었는가를 조금은 엿볼 수 있을 것 같다. 다윗이 당하는 아픔의 고통은 당하는 현실 앞에서는 헤아릴 수 없는 시련의 고통이었지만 그로 인해 하나님 앞에 자신의 심정을 있는 그대로 그 누구도 아닌 아뢸 자가 여호와 밖에 없기에 오직 그분만을 향해 가릴 것 없이 심정을 토하고 있는 모습이다.

주변과 환경 속에서 이런 아픔을 느끼지 못한 다면 이런 표현도 나오지 않을 것이고 이런 아픔을 느끼는 만큼 진정한 하나님을 찾고자 하는 심정이 될 것이고 하나님께 고백하게 되기 때문이다. 그래서 하나님은 그 마음의 고백이 들려지도록 기다리고 계신지도 모르겠다. 우리의 삶을 돌아보면서 나는 하나님과 어떤 관계의 표현과 고백을 하고 살아가고 있는가? 다윗의 고백을 통해 우리 자신을 다시 한번 돌아볼 수 있었으면 좋겠다.

부르짖어도 반응 없는 하나님을 향해 그래도 포기하지 않고 부르짖고 있는 모습

이전에도 조상들의 부르짖음을 응답하셨던 그 하나님을 회상하며 응답 없이 잠잠하고 있는 하나님을 향해 부르짖고 있다. 어느 정도되면 응답해 주면 좋으련만 고통 속에 헤아릴 수 없고 불안하여 견딜 수 없는 상황 속에서 잠을 잘 수 없고, 길을 걸을 수 없는 생각이 고통을 당하고 정신이 고통을 당하는 아픔을 견딜 수 없는 현실이다.

그런데도 반응 없는 하나님을 향해 왜 잠잠한지, 나의 고통을 왜 돌아보지 아니하는지 느끼고 생각하는 그 마음을 그대로 토하고 있다. 하나님을 향해 회복을 입고자 하는 고백이다. 포기하지 않고 이루어 주시길 건져 주시길 기대하는 마음으로, 누가 뭐래도 그분이 아니면 해결자가 없기에 길이 그 길밖에 없기에 부르짖는 다윗의 모습은 하나님을 향한 믿음과 신뢰를 바탕으로 하고 있다는 마음이 든다. 오늘 우리에게도 하나님을 향한 이런 끈질김의 포기하지 않는 믿음의 태도가 필요하다. 하나님이 아니면 하나님으로부터 해결돼야만 된다는 믿음의 생각을 가지고 부르짖는 마음이 부족한 것이 우리의 현실이다.

자신이 당하고 있는 현실에 대한 영적 인식과 분별력이 무엇보다도 필요하다(6-7, 12-18)

환경의 압박, 현실의 고통, 사람들과의 괴로움에 시달리고 있는 그 과정 속에 얼마나 어둠의 세력들의 영향력이 우리를 괴롭히고 파괴하고 있는가를 분별하는 인식이 필요하다. 영들의 공격에 대한 인식이 없으면 더 많은 괴로움과 고통을 당할 수밖에 없다. 수많은 문제 속에서 괴롭고 고통스러운 것은 분별력 없이 당하기 때문에 그 고통은 더한 것이다. 다윗은 세력들이 얼마나 자신을 향해 공격하고 있는가를 인식하며 그 고통의 괴로움을 고백하고 있다. 이러한 고통을 인식한다면 해결책은 사람에게 있는 것이 아니라 하나님께 있는 것이다.

그러기에 우리에게는 하나님을 향한 절대적인 도움이 필요한 것이다.

사람의 힘으로 당하려고 하면 이미 당하는 괴로움보다 더한 고통을 겪을 수밖에 없다.

기도는 우리에게 이러한 힘과 인식을 가지고 하나님을 향해 부르짖는 축복의 도구다. 영적인 공격과 문제를 무엇으로 해결할 길이 없는 것이다. 하나님의 도우심이 없이는 불가능하다는 사고를 가져야 한다. 그래야만 그분을 찾게 될 것이고 신뢰하게 되고 부르짖게 된다.

기도는 당하는 고통만큼 부르짖게 되어 있다. 만약 그러질 못하다면 우리 자신을 돌아봐야 한다. 영적 분별력과 인식이 없든지, 아니면, 알면서도 종교주의적 사고에 빠져 있는지 아니면 인격 자체가 지배를 당하고 있든지를 돌아보고 혼자 힘으로 해결할 길이 없다면 신앙상담을 통해서도 해결해야 될 문제다.

지금 시중에 떠도는 인플루엔자보다 더 무서운 게 사람 속에 퍼지고 있는 영적 병든 현상이다.

나 자신이 내 영혼에 대한 인식이 없다면 자기 영혼을 포기하고 사는 것과 동일하다.

하나님은 누구나 자신의 영혼에 대한 책임의식을 가지고 살기를 원하신다.

하나님은 우리를 로봇처럼 조종하지 않는 것이다. 스스로에게 자기 영혼에 대한 책임의식을 가지고 살라는 자유의지를 주신 것이다.

그런 의미에서도 자신을 돌아보며 내가 지금 어떠한 영들의 공격과 억압 속에 묶여 있는지를 돌아보고 고통까지 기도로 아뢰면서 결박과 사슬을 끊고 나올려는 기도의 몸부림이 있어야 한다는 것을 교훈하고 있다. 우리 자신의 영적 상태는 지금 어떠한가? 내가 영적으로 묶여 있는 부분은? 혹 결박당하고 있는 부분은 무엇이면, 그 결박과 묶임에서 나오기 위한 나의 영혼에 대한 책임의식을 나는 어떻게 감당하고 있는가?

간절한 부르짖음은 하나님을 향한 응답과 회복을 기대하는 믿음 때문이다(22-29)

다윗은 비록 자신은 고통 속에서 몸부림을 칠지라도 하나님을 향한 분명한 믿음의 기대를 가지고 고백하고 있다. 그리고 하나님이 어떠한 하나님임을 분명히 인식하고 기대하며 응답과 회복을 주실 하나님을 찬양하며 기도하고 있는 것이다. 하나님은 무엇보다도 약속에 신실하신 분이시다. 우리에게 가장 좋은 것으로 주실 분이심을 알기에, 또 이 문제를 누구보다도 해결해 주실 분이 하나님임을 알기에 주저할 필요도 없이 오히려 더 간절히 자신은 속마음을 털어 기도하고 하나님을 향해 찬양하며 기대하며 기쁨으로 표현하고 있다.

이것이 하나님의 자녀로서 살아가는 축복이 아닌가 싶다.
그렇다 우리의 삶을 가장 자세히 살피시고 알맞고 적합하게 인도해 주시는 분이 하나님 외에 누가 더 있겠는가? 나의 처지를 나의 상태를 누구보다도 세밀하게 아시는 하나님이심을 믿는 믿음이 기도를 구체적으로 하게 만들고 기대하며 응답 주실 그분을 찬양하게 하는 게 아닌가 싶다.

우리에게도 하나님을 향한 이런 믿음의 고백이 필요하다.

마음을 터놓을 수 있는 하나님, 문제에 하나님이 개입하지 않으면 해결할 길이 없다는 인식을 가지는 것도 중요하다. 그리고 지금까지도 그렇게 해 오셨듯이 해결과 응답을 주실 것을 기대하며 기도를 통해 하나님과 더 구체적인 관계로 깊어지는 계기가 될 것이다.

기도 없는 마음의 심령은 고통과 괴로움과 불안은 그 자체가 불행일 것이다.

무거운 짐을 지고 사는 인생이 바로 이런 것이 아닌가 생각된다.

이런 불행의 삶을 스스로 선택하고 산다면 자신의 영혼을 책임지지 않는 것과 다를 바가 없다.

자신의 영혼을 자신 스스로가 불행한 길을 택한다면 누가 막을 수 있겠는가?

기도는 응답 그 이상의 것이다. 문제없는 삶 속에 사는 사람이 없는 것이 세상이다

오히려 하나님의 자녀들에게는 문제를 통해 하나님을 더 신뢰하게 되고 고통의 짐을 벗게 될 것이고 마음의 평안을 가지고 살 수 있다는 것 자체가 축복이다.

우리를 기도의 자리로 나오게 하기까지 "예수님의 이름으로 기도합니다." 이런 고백을 할 수 있도록 길을 여신 하나님께서는 이 자리로 나아올 수 있도록 엄청난 값을 지불하셨다는 감사의 은혜를 잊지 말아야할 것이다.

"예수 그리스도의 이름으로 기도합니다." 이것이 보배고 축복이고 문제의 열쇠다.

기도는 애쓰고 힘쓰는 것이 아니라 당연히 있는 마음을 그대로 고백하는 축복이다.

기도하는 자만이 누릴 수 있는 영광이고 특권이고 축복이다.

기도하는 자만이 하나님을 향한 감사의 고백이 더할 것이다.

그리고 든든한 믿음의 관계를 더 구체적으로 연결시켜 갈 것이다.

기도는 그래서 감사함으로 시작하는 것이다.

아픔을 당하는 심령이 괴로운 것이 아니라, 불안한 심령이 고통스러운 것이 아니라 기도의 소중함을 모르는 심령이 더 괴로운 것이 아닐까 싶다.

기도의 자리는 나의 하나님께서 구체적으로 하나님 되심을 확인시켜 주는 자리다.

그 자리에서 우리는 그분의 임재를 느끼는 축복을 누려야 한다.

나의 무엇이든지, 언제든지 말할 수 있는 그분이 있기에, 문제를 당하는 고통이 있을지라도 달려갈 수 있는 그 자리가 있기에 감사한 것이다.

그 자리는 그분이 나의 하나님 되시는 자리이기에…….

일상에서 빛과 기쁨을 뿌려라

아침에 눈을 떠보니 지난밤 작업하다 어질러놓은 책과 여러 가지 물건들이 책상 위에 즐비하게 늘어져 있는 게 눈에 들어왔다. 순간 스쳐가는 생각이 마치 어린아이들이 장난감을 가지고 놀다 어질러 놓고 잠들은 것과 같은 흡사한 마음이 들었다. 그래서 내뱉어 본 말이 "잘 가지고 놀다 잠들었구나." 하는 독백이었다.

많은 것들을 가지고 놀았다. 노는 즐거움 속에 성취하는 즐거움도 있었고 보람의 즐거움도 있었고 작은 물건들 하나, 하나가 우리의 삶에 많은 즐거움을 준다.

사람이 살아가는 데는 정말 필요한 것이 많은 것 같다. 가정에는 가정에 필요한 대로, 교회엔 교회에 필요한 대로, 자동차엔 자동차에 필요한 대로, 그야말로 그 어느 것 하나 그냥 만들어진 것이 없을 정도로 그 만들어진 것 때문에 필요가 채워지고 욕구가 채워지고 즐거움을 채우며 사는 것이 인생인 것 같다.

수많은 물건들의 만들어짐 뒤에는 누군가의 희생과 헌신의 노력이 있었기에 다른 사람들이 만들어 준 덕분에 많을 것을 누리고 산다. pc, 핸드폰, 자동차, 집에 가면 또 다른 많은 것들, 냉장고, 에어컨, 선풍기 등 수많은 가전제품, 주방도구들, 그야말로 엄청나다.

누군가에 의해 만들어진 것들은 사람들의 욕구와 필요에 많은 도움과 영향을 주고 있지만 정작 그것에 값을 지불하고 샀다 할지라도 고맙게 혹은 소중하게 생각하는 사람들은 많지 않은 것 같다. 풍족함이 일상화되어 버린 우리의 그릇된 사고 때문인지 소중함과 감사의 마음을 잃고 사는 것 같아 우리의 생각을 정리해 볼 필요가 있지 않을까 싶다.

요즘은 많은 사람들이 움직이는 휴가철이다. 휴가를 떠나는 모든 사람들의 설렘과 마음에 즐거움을 주는 것들은 누군가의 노력과 희생 속에 만들어진 것들 때문에 누리는 것들이 더 많은 것은 사실이다. 사람의 관계는 이러함을 바탕으로 시작해야 되지 않나 싶다. 내가 모르는 당신의 전문성 때문에 내가 평안을 누리고 고민을 해결하고 살아가고 있음을 생각하며 서로에 대한 신뢰와 감사와 존중의 표현들이 있어야 할 것이다.

그래서 휴가지에서 아침에 눈을 뜨면 서로에 대한 감사와 신뢰와 존중의 표현 속에서 하루를 시작함이 휴가지에서의 놀이와 쉼을 보내는 즐거움도 있지만 관계를 통해 즐거움을 누린다면 더 큰 휴가의 기쁨을 안고 돌아올 것이다.

신뢰를 바탕으로 대화를 나누고 음식을 나누고 관계를 나누고 돌아 온다면 또 다른 이웃을 얻는 기회가 될 것이고 가족이 함께한 휴가라면 자녀들에게도 좋은 교육의 자원이 될 것이며 자신의 내면에도 풍성함 과 기쁨을 함께 얻게 될 것이다.

오늘 본문을 보면서 우리가 누리는 즐거움의 작은 것들이 가장 근본 적인 것으로 우리에게 기쁨을 선물하고 계신 하나님의 손길을 느낄 수 있는 것 같아 감사할 따름이다. 바다에도, 산에도, 계곡에도, 강에도 그 어느 곳 하나 하나님의 손길이 안 미친 곳이 어디 있겠는가? 모든 자연 의 축복이 선물을 베푸신 그분의 손길 아래 우리는 어떤 것으로도 얻지 못할 하나님의 위대한 선물을 누리고 즐기며 휴가를 보내고 있다.

바다에서: 시원한 파도소리, 바닷물, 불어오는 바람, 출렁대는 파도, 하얀 모래백사장
계곡에서: 흐르는 물소리, 맑고 깨끗한 물, 수많은 바위덩어리, 함께 어우러진 나무들
산속에서: 하늘 향해 시원하게 뻗은 나무들, 나무그늘이 주는 시원 함, 산소의 공급
강가에서: 맑게 흐르는 물, 그 속에 노니는 물고기, 수많은 자갈과 모 래들

이 모든 자연을 우리는 하나님의 은혜로 값없이 받아 누리고 즐기며 보내고 있다.

이것이 하나님의 은혜고 하나님의 기적인데도 우리 일상 속에 당연시되어 버린 우리의 의식 때문일까? 정말, 자연처럼 위대한 선물과 기적이 어디 있을까?

많은 것을 누리고 있음을 인식하지 못한다면, 고마움을 모른다면 휴가의 후유증이 더 클 것이다. 글을 쓰다 보니 좋은 휴가의 기쁨을, 즐거움을 얻는 비결은 바로 이런 것이 아닌가 생각된다.

크고 작은 휴가에 필요한 물건을 만들어 주신 서로에게 감사, 우리에게 이처럼 아름다운 자연을 허락해 주신 하나님께 감사, 우리의 먹거리를 즐겁게 해 주는 희생되는 음식들에 대한 감사의 고백을 느끼고, 나누고, 또 다른 사람을 만나 감사와 고마움의 마음으로 음식도 나누고 대화도 나누며 교제한다면 이처럼 멋있고 행복한 휴가의 기쁨이 새로운 삶을 향한 그야말로 휴가를 통해 재충전하는 휴가다운 휴가가 되지 않을까 싶다.

우리는 수많은 자연 속에서 우리를 향해 모든 것을 공급하고 계신 공급자 하나님을… 지금도 쉬지 않고 우리를 섬기고 계시는 섬김의 하나님의 사랑을… 우리를 위해 모든 것을 예비해 놓으시고 즐거움을 누리도록 만들어 놓으신 창조주 하나님 그분의 은혜를… 그리고 그 손길과 섭리와 행하심을 믿음으로 받아들이며 지금의 기적적인 휴가를 보내고 있음을 잊지 말아야 한다.

우리의 삶의 의식은 이제 생활을 통해 즐거움으로 나타나야 한다. 창조주 하나님을 인식함으로 우리의 삶의 목적과 생활의 목표는 뚜렷하게 정립되게 살 수 있다. 그 삶은 영혼을 향한 초점이다. 나의 삶이 영혼들에게 초점을 맞추고 산다면 그처럼 소중함이 없을 것이고 이러한 마음이 하나님의 마음일 것이다.

하나님이 가장 싫어하는 것이 자기 자녀들이 악을 행하는 것일 것이다. 그것도 다름 아닌 하나님의 형상대로 지음받은 영혼들을 향해 악을 행하는 것은 그야말로 두고 볼 수 없는 일일 뿐만 아니라 안타까움이 더할 나위 없을 것이다.

하나님의 사랑으로 구하고 살려야 할 영혼들이 오히려 악을 행하고 산다면 그처럼 어리석은 행위는 없을 것이다.

성경은 이에 대하여 "악은 모든 모양이라도 버려라."(살전 5:22)고 말씀하셨다.

우리의 삶의 현장은 값진 곳이고 소중한 곳이고 축복의 땅이다.

우리는 이 땅에서 빛을 뿌리고 기쁨을 뿌리는 삶을 살아야 한다.

창조주 하나님의 은혜를 아는 자라면 이것이 우리를 부르신 하나님의 목적이고 뜻이다. 만약 빛을 뿌리는 일이나 기쁨을 뿌리는 일을 인식하지 못하고 산다면 그 사람은 아직 신앙이 어린 사람이든지 아니면 오랫동안 신앙생활을 했어도 인식이 없다면 하나님을 만나지 못한 사람일 것이다. 이렇게 가면 결국 우상신, 우상 하나님을 섬기는 꼴이 되고 말 것이다.

무더운 휴가철에 우리는 어디를 가든지 사람들 속에 있을 것이다. 나를 보내신 목적, 물론 의도하는 것은 아니지만 인식을 가지고 휴가를 보낸다면 정말 기쁨의 휴가일 것이다. 기쁨 두 배, 은혜 충만으로 채워지는 휴가가 되지 않을까 싶다.

아직 휴가 못 가신 분들이 있다면 이렇게 준비하고 출발하심이 어떨까?

아니 꼭 휴가지가 아니라도 내가 있는 가정, 직장, 교회 안에서 이러한 삶의 빛을 뿌리고 기쁨을 뿌림이 어떨까?

약속과 보호하심을 잊지 말라

사람이 생각과 보는 것은 단순하다. 현실, 지금의 문제, 당장 눈앞에 벌어진 일에 갈등하고 두려워하고 고민하고 방황하는 게 사람의 모습이다. 이런 사람의 모습은 혼란과 두려움에 휩싸여 항상 쫓기고 불안한 삶을 되풀이할 수밖에 없는 현실이다. 그래서 사람은 더 많은 자유를 평안을 잃어버리고 스스로의 굴레에 매여 고통을 자처하고 갈등하며 산다. 이것이 사람의 한계인 것 같다.

그러나 항상 하나님의 행하시는 모습들을 살펴보면 많은 세월과 시간 속에 보이지 않는 것 같고 없는 것 같은데도 하나님의 역사는 꾸준히 이루어져 가고 있다는 사실이다. 이러한 하나님의 역사를 우리가 좀 더 이해하고 깨닫고 살아가려면 사람의 제한된 사고에 갇혀서 생각하는 사고의 틀에서 벗어나 보다 더 넓은 관점에서 하나님의 섭리와 주권을 인정하고 살아야 한다. 그래야만 우리의 삶이 어차피 한 인생을 사는 자로서 쫓기지 않고 불안에 시달리지 않고 살아갈 수 있지 않나 생각된다.

더 나아가 자신의 삶을 올바르게 살아가려면 하나님과 우리 사이에 믿음이란 바탕을 두고 살아야 한다. 이 믿음의 바탕 아래서 살아야 믿음을 전제로 하나님의 약속을 볼 수 있는 것이고 그 안에서 살아가고 있는 우리 자신도 발견할 수 있는 것이다. 하나님은 지금까지 그런 역사 속에서 모든 것을 약속하셨고 성취하셨고 인도하고 계신다는 것이다.

우리 인생은 어차피 창조주와 피조물의 관계로서 하나님의 계획 가운데 인생은 살아갈 수밖에 없는 계획 속에 있다. 그러므로 사람이 하나님을 인식하지 않고 사는 것처럼 불행한 삶이 없다는 것이다. 그러나 역사를 주관하시고 역사 속에 이어오시는 하나님을 인정하고 신뢰하면서 살 때 사람은 지금보다 훨씬 자유롭고 여유롭고 평안한 삶을 살 수 있는 것이다. 아쉬운 것은 우리에게 이런 역사 속에서 움직이고 계시는 하나님을 볼 수 없는 의식이 불행을 초래하고 고통을 자처하고 있다는 것이다.

그만큼 사람의 의식은 조급하고 현실에 갇혀서 살아가고 있기 때문이 아닌가 싶다.

누가 뭐래도 우리는 피조물이고 하나님은 창조주이시다. 우리는 창조주의 계획 속에 살아가는 인생이기에 이것을 인정하고 사는 것이 신앙생활이고 그 창조주의 뜻을 좇아 사는 것이 축복임을 인식하고 우리 자신의 사고의 틀에 매여 사는 불행과 어리석음을 돌아보고 우리에게 주어진 인생이란 과제를 하나님의 뜻 안에서 찾고 살려는 확신이 있어야 하고 그 확신을 가지고 자신의 인생을 살아가야 한다.

시편 기자는 오늘 이런 관점에서 사람이 하나님의 약속을 믿는 믿음 안에 사는 자로서 항상 하나님을 구하는 자세로 사는 축복을 인식하고 지금까지 역사를 주관해 오셨고 앞으로도 주관하실 하나님의 창조주 되심을 신뢰하고 하나님을 진정으로 구하는 자로 살아야 함을 강조하고 있다.

역사 속에 운행자이신 하나님을 발견하게 될 때 우리는 보다 더 분명한 하나님으로서 역사 속에 주관자 되신 하나님으로서 보다 더 넓은 관점에서 하나님을 확신 있게 믿고 따를 수 있다는 것이다.

하나님의 부르심에 충실하는 것은 (고린도전서 4:1-21)

신앙의 힘은 사람에게서 나오는 것이 아니라 하나님의 은혜를 입은 사랑에서 그 힘이 나온다. 은혜를 입은 자의 모습 속에서 나타나는 것과 사람의 생각에서 나오는 것은 다르다. 은혜를 입은 자의 모습은 항상 자신이 해야 할 역할이 무엇인지 올바르게 인식하는 데부터 시작되는 것이다. 은혜를 입은 자로서 해야 될 역할은 무엇이며 사람에게서 나오는 역할에 경계해야 될 것이 무엇인지를 정립해야 될 필요가 있어 바울은 이 편지를 고린도 교회에 보낸 것이다

첫째, 하나님의 부르심 앞에 충실하다는 것은 자신의 역할에 충실히 한다는 것.

둘째, 사람과의 관계는 이해와 관용과 섬김이며 권리는 주장하지 않는 것.

셋째, 어떠한 어려움의 장애물 앞에서도 주님의 은혜를 생각하며 이겨 낸다는 것.

이러한 것이 신앙인의 모습이고 은혜를 입은 자의 영적 생활일 것이다. 주님으로부터 받은 은혜의 힘이 이 모든 것을 가능하게 한다는 것이다.

우리는 지금까지 어떠한 어려움도 이겨내는 모습을 우리는 보고 성장해 왔다.

그러나 시간이 흘러갈수록 신앙의 순수성이 사라진다는 말들을 많이 한다. 그 말은 우리에게 하나님의 은혜를 생각지 않은데서 나오는 의식이 우리를 지배하기 때문에 그 의식의 개념으로 모든 것을 대하다 보면 순수한 복음의 본질이 훼손되기 때문에 사람들은 신앙생활을 하면서도 자신 스스로뿐만 아니라 관계에서 좋지 못한 영향을 주고받으면서 살아가고 있다는 것이다.

이러한 현상들은 자신에게나 공동체에나 그 어떤 좋은 영향을 주지 못하고 있기 때문에 사도 바울은 문제가 되고 있는 점을 원인이 무엇인지를 알고 있기에 올바른 복음적인 해결점을 제시해 주고 있다.

하나님의 은혜를 입은 자로서의 역할에 충실해야 한다

다시 말해 자신의 역할을 제대로 찾아가는 것이 신앙생활이다.
자기 관리이며, 자신의 삶이다. 자신 스스로가 낙심하는 삶을 살아서도 아니되며 남에게 실족하는 삶을 살게 하는 것도 옳은 삶이 아니라는 것이다.

자신의 역할을 하지 못하는 사람은 항상 그 잘못을 상대에게 투사하고 산다.

그리곤 자신을 철저히 방어하고 살아가고 있다. 이것이 우리 인간의 모습이다.

우리는 이런 굴레에서 하루빨리 빠져나와야 한다.

나에게 주어진 삶이 얼마나 크신 하나님의 은혜를 입었는가를 인식하면서 살아야 한다. 그리고 그 은혜의 부름심 앞에 자신을 세워가는 삶의 중요성을 인식해야 한다.

즉 자신의 존재가치를 인식해야 된다는 것이다.

이전에 비해 이 은혜를 입은 모습이 점진적으로 사라지고 있는 것이 오늘 우리가 겪고 있는 안타까움이다. 은혜 없이 행하는 신앙생활은 결국 지식으로 흐르게 되고 이것은 철저히 자기중심, 이기주의 신앙으로 흐르게 되어 있다 이런 모습은 진정한 헌신의 가치를 모르고 자기 필요에 의한 신앙으로 자리 잡게 된다. 결국은 자신의 역할을 상실하고 변질의 모습으로 가기 때문에 우리는 무엇을 하든지 하나님의 은혜 안에서 출발되어야 한다는 것이다.

사람에 대한 이해와 관용과 섬김은 자신의 권리를 주장하지 않을 때 가능하다

너, 나 할 것 없이 우리에게 부족한 면이 있다면 바로 이런 부분이 아닐까 생각된다.

모든 관계의 화평을 깨뜨리는 것은 자신의 권리를 주장하는 데부터 시작된다.

자신의 권리보다 상대방을 헤아리려는 마음의 자세가 부족하고 자신의 권리가 짓밟혀 버린 억울함에서 나오는 아픔들이 결국은 상대방을 헤아리려는 마음이 닫혀 있기에 알 수 없게 된다는 것이다. 그러기에 또다시 자신의 권리 주장으로 관계를 만들어가고 있는 것이다.

이러한 삶의 되풀이는 가정이나, 사회, 교회 안에서도 동일하게 나타날 수 있다.

하나님의 은혜를 놓쳐 버리면 우리는 본성으로 돌아가게 되어 있다.

자신의 위치와 역할을 상실하게 된다는 것이다.

사도 바울은 이러한 자신의 모습을 철저히 십자가 정신에서 출발시켜 가고 있음을 우리에게 보여 주고 있다.

공식이나, 이론이 아니라, 나는 그리스도와 함께 십자가에 못 박혀 죽었다는 것이다.

자기 존재를 시작하는 데부터 문제가 시작되는 것이다.

그리스도인의 자존감의 문제는 예수 안에서의 자존감이다.

그래야만 건강한 자존감으로 역할과 뜻을 감당할 수 있는 것이다.

내 권리가 아니라 내 안에서 주님의 권리가 나와야 한다. 주님의 권리는 주장하지 않는 권리다. 자신을 철저히 내어주는 권리 자신을 비우는 권리, 오히려 자신을 내려놓는 권리를 주장하셨다.

본문에서 바울은 4:10-13에서 철저히 어느 위치에 두고 있는가를 우리에게 보여 주고 있다. 사실 우리는 이런 부분들이 잘되지 않고 있다. 이것이 나의 아픔이고 우리의 아픔일 것이다.

몰라서일까? 아니면 본성 때문일까? 억울해서일까?

이러한 문제는 그 어떤 것보다 하나님의 은혜에서 출발되지 않는 사고 때문에 생기는 것이 아닐까 생각된다. 주님을 생각한다면 주님의 은혜를 올바르게 깨달은 자라면 내가 가야 할 자리, 내가 좇아야 할 자리, 내가 선택해야 될 자리를 알게 될 것이다. 그것보다 지금의 내 현실, 본질보다는 현상을 보는 사고 때문에 결국은 문제를 해결 못 하고 반복되는 문제의 고통 속에 시달리는 것이 아닌가 생각된다. 우리 안에는 항상 진리의 말씀 안에서 조명되는 인식 없이는 결국 사람은 자신의 그릇된 사고 안에서 모든 것을 생각하고 정리하기 때문에 갈등하고 사는 것이다.

권리를 주장하지 않는 삶은 주님으로부터 우리가 배우고 본받고 붙잡고 주장해야 될 영역이다.

나의 권리를 주장하지 않는 자가 되게 하소서!!!!!!!

이것이 없이는 다른 사람을 사랑할 수도 없고 섬길 수도 없고 용납할 수도 없다.

이게 우리 사람의 모습이다. 사람의 힘으로는 될 수 없다는 것이다.

그러나 우리는 생활 속에서 사역 속에서, 관계 속에서 알게 모르게 권리 주장이 되풀이되고 있으니 너, 나 할 것 없이 안타까울 따름이다.

이 문제를 정말 마음으로 가슴으로 느끼고 주님 앞에 문제를 가지고 나아가는 길밖에 다른 도리가 없을 것이다. 즉 자신의 이런 모습을 발견하고 주님 앞에 나아가야 할 필요성을 느끼는 것 자체가 자신의 권리를 포기하는 시작일 것이다.

또한 우리 인생 앞에 놓인 수많은 문제들 또한 자신의 권리를 주장하지 않을 때 모든 것을 이겨 낼 수 있게 될 것이다. 만약 이러한 부분을 주장하던지 밑바탕에 자리를 잡게 되면 어떤 장애물도 극복하지 못하는 갈등과 고민의 딜레마에 빠지게 될 것이다.

진정한 장애물의 극복은 외부에 있는 것이 아니라 내 안에 있는 권리의 주장이 장애물을 더 많이 만들고 있는지도 모른다. 이러한 문제들로 인해 오히려 더 신경이 쓰이고 매이고 묶이게 되는 것이 아닌가 싶다. 진정한 자유는 진리가 우리 앞에 제시해 주는 약속을 붙잡고 자신을 조명해 볼 때 자유케 되는 것이다.

바울 사도가 모든 사역의 장애를 부딪치면서 극복하고 감당할 수 있었던 것 역시 오늘우리에게 주어진 과제와도 같다.

진정한 하나님 앞에서의 부르심의 역할은 그 어떤 것도 아닌, "자신의 권리를 주장하지 않는 것이다."

이런 것에서 자신을 내려놓을 때 진정한 자유의 삶을 누리게 될 것이다.

돌아가는 지름길

ⓒ 조봉제, 2024

초판 1쇄 발행 2024년 8월 30일

지은이   조봉제
펴낸이   이기봉
편집   좋은땅 편집팀
펴낸곳   도서출판 좋은땅
주소   서울특별시 마포구 양화로12길 26 지월드빌딩 (서교동 395-7)
전화   02)374-8616~7
팩스   02)374-8614
이메일   gworldbook@naver.com
홈페이지   www.g-world.co.kr

ISBN   979-11-388-3477-3 (03810)